庆祝中华全国总工会成立 100 周年
天津市职工作家创作文丛

大湖长歌

胡慕安 著

DAHU CHANGGE

中国工人出版社

图书在版编目（CIP）数据

大湖长歌 / 胡慕安著.—北京：中国工人出版社，2024.4
ISBN 978-7-5008-8430-9

Ⅰ.①大… Ⅱ.①胡… Ⅲ.①长篇小说—中国—当代 Ⅳ.①I247.5

中国国家版本馆CIP数据核字（2024）第049279号

大湖长歌

出 版 人	董　宽
责任编辑	严　春　李卫民
责任校对	张　彦
责任印制	栾征宇
出版发行	中国工人出版社
地　　址	北京市东城区鼓楼外大街45号　邮编：100120
网　　址	http://www.wp-china.com
电　　话	（010）62005043（总编室） （010）62005039（印制管理中心）
发行热线	（010）82029051　62383056
经　　销	各地书店
印　　刷	北京市密东印刷有限公司
开　　本	880毫米×1230毫米　1/32
印　　张	6.75
字　　数	140千字
版　　次	2024年4月第1版　2024年4月第1次印刷
定　　价	32.00元

天津市职工作家创作文丛·序

长风破浪会有时

蒋子龙

甲辰年初夏——“五一”劳动节来临之际，津沽大地绽放出一束别样的文学景观：十位作家，一套丛书，十部作品。作家居然成一个班的建制“闪亮登场”，让人有些惊奇和振奋，甚至感到有些突然。曾几何时，社会一度在关注天津青年作家队伍的现状，如今看谁还敢说“天津文学后继乏人”？！

说突然，其实并不突然。在过往的岁月里，他们都公开发表过多篇小说、散文、诗歌等作品，有的还出版过长篇小说，只是多以“散兵游勇”的姿态游离于文学界。久而久之，他们当中或许有人会成为名家，或许有人会与文坛渐行渐远，这也充分说明了机遇和平台的重要性。这十位作家来自不同的行业，他们共同的身份是所在单位的工会会员。这批俗称语境中的“业余作者”，之所以能和他们的作品一起在天津文坛集体出场，得益于天津市总工会的“职工作家培育工程”。回想起早年间，我所在的厂工会是职工的文艺之家，文、音、体、美、舞全面开花，富有吸引力、感召力和亲和力。离开工厂多年，我无论如何都想不到，天津市总工会竟办成这样一件给文学界鼓气提神、为职工生活锦上添花的大好事。

职工是社会的重要见证者和参与者，也是通过劳动创造生活的实践者。主办方天津市总工会告诉我，启动于去年春天的“职工作家培育工程”，参加条件之一是“在职职工”。在我看来，“在职职工”的视野里有真东西，生活中有真体验，情怀中有真良心，笔尖上有真表达，这就从根本上杜绝了鸡零狗碎的胡编乱造——看似写的是现实生活，却没有现实感，触及不到现实的敏感神经和痛点。纵观过往的文学大家，大都是“在职职工”。钱钟书对“纯文人”甚不以为然，他在《论文人》中就直言：“古人所谓‘词章家’、‘无用文人’、‘一为文人，便无足观’的就是。至于不事虚文，精通实学的社会科学与自然科学等专家，尽管也洋洋洒洒发表着大文章，断不屑以无用文人自居。”在物质社会、同质时代，差异就是优势，职业本身就使他们具备天然的差异性。因此，“在职职工”更容易培养和保持自己的势能。而写作，是不能失去势能的。

克莉斯蒂有句名言：“作家是缺少自信的人，永远需要鼓励。”从某种意义上讲，天津市总工会提供的“培育”更像一种鼓励。这种“鼓励”可谓形式多样、内容丰富，其中包括联系名家交流创作体会、提供修改建议等。这不仅是对“业余作者”

的鼓励，也是对文学创作“造血”机能的培育。岂止是“业余作者”，即使是名家，也需要这种鼓励。陈忠实写完《白鹿原》，先拿给一位并非声名赫赫的评论家朋友看，得到朋友的认可和鼓励后，才敢寄给出版社。同样的道理，十位作家与工会这个“知音”不期而遇，从而有了十部作品的高山流水。

这十位作家中有机关干部、产业工人、教师、公安干警、社区工作者等，他们带来七部长篇小说和三部5万字以上的中篇小说。其中的《坚不可摧》在我看来是长篇架构，只是没有完全展开，交代多于描写。这些作品无一不是从他们熟悉的生活元素中提炼出来的，题材多样、内容丰富，带有明显的天津地域色彩，创作理念也各有千秋。他们有沉实的生活底蕴，再配上足够的想象力，小说就有了魅力。

文学不能失去社会性，这十部书有着结实的人物形象和故事，写出了现实生活的骨感。《追光》中的女主人公刘少英，原是家里的墙上贴满奖状的模范人物，是村里最早致富的领头人，为支持村里办炼铁厂让全村人致富，不惜拿出全部家当。为此丈夫离开了家，而唯一的儿子死于事故。因儿子宅基地上无房，无法拆迁分房，村里干部和开发商与她多次协商无果，她成了“钉子户”和“上访专业户”。幸好后来为给山里送电，负责解决这一问题的男主人公陈进，年轻时曾是刘少英的崇拜者，诚直和厚、古道热肠，在他的调解下，刘少英主动迁走了儿子的坟墓，为“追光”工程让路。晚年，她孤身一人顽强而不倨傲地生活在山脚下，守护着儿子的孤坟。整部小说风骨硬朗、气象清扬，并不回避社会现实中的丑恶与矛盾，却令人动容，并感到温暖。

文学界似乎或明或暗、或断或续地一直在争论写“光明面”和“阴暗面”的问题。文学的力量不取决于写不写这“两面”，而是怎样写、以什么样的心态写。倘是怀着阴暗的心理歌颂“光明”，那就是对“光明”的嘲讽，效果适得其反。而《追光》的作者诤直有胆识，文不负心，持经世情怀，纵是揭露了种种社会矛盾和丑恶，却能真正打动人，反不会令人有晦暗之感。诺贝尔文学奖获得者、德国作家格拉斯曾言“文学正在从公众生活中撤退”，这才是文学被边缘化和失去感染力的原因。现实主义的基本逻辑是真实，深刻必蕴于诚实之中。现实主义的真实有超越虚构和说谎的力量。

中篇小说《坚不可摧》就具备这样的品格，两个优秀的警察，不得不躲在医院卫生间里彻夜分析案情，商量破案办法。为什么？因为他们的顶头上司公安局长是凶杀案的幕后主使。小说气格峥嵘，提供了一个很好的故事，触及了现实的痛处。直面现实，才能超越现实，富有建设性。这样的作品有益于世道人心，给人一种精神鼓舞。

长篇小说《肺活贴》也如此，主人公吴刚的亲人罹患绝症，又被现行医疗环境逼到绝境，竟发愤自己制药……从一个个剖面，层层剥开掣肘职场、阻碍顺畅呼吸的病灶，绘制一幅幅青春奋斗风貌。这样的小说才是读者乃至社会的“肺活贴”。作者把自己的灵魂注入作品之中，用真诚使文字有了一种巨大的感染力量。真诚是创作的命根子，写作不是精神逃避，有真性情才有好文字。在虚假文字泛滥、作家的虚构能力减弱的当下文坛，这十部作品尤其显得难能可贵，有一种回归创作本真的强心意义。

长篇小说《“姐夫”驾到》文思灵幻，生面别开。单是主人公获得了“姐夫”这样一个称谓，便带着亲昵、诙谐等诸多涵义。一个合资企业的代理工会主席，像“姐夫”一般千方百计、足智多谋地为职工谋求合法权益，关心职工的进步和发展，最终竟将企业的外方老板也教化成半个“姐夫”。小说气象融合可亲，用嬉戏笔法消解了企业内部的紧张矛盾，语言俊丽、文采盎然。

《一条大河波浪宽》中的“大学生村官”闫行的一段话，让我觉得这部小说的境界，高于眼下同类题材的许多作品：“我不想唱高调，对我来说，我就是找了一份普普通通的工作，自己做得开心的同时，也能让身边的大家伙儿开心，这就是我工作的价值。”这部书提出了一个了不起的观念：大学生当“村官”应该“职业化”，而不是“运动化”。就如同企业界有“职业经理人”一样，有契约、有标准、有职责，双向选择，这样的“村官”更便于融入农村。所以闫行刚进村的时候是“小闫”或“小行”，渐渐变为“真行”或“大行”，后来成为“老行”！

成熟的文学原不受题材的局限，《车间主任》《新生代》等作品，描写了现代企业生产经营、管理与发展的各种情状，看似是所谓的“工业题材”，实际是表现现代人的“职业性”，或者说现代职业生涯中的人性。在计划经济的年代，工厂车间的主要职能是生产、出产品，人际关系简单，谁的技术好，谁就会受到上级和工友的尊重。“公私合营”后企业的性质只有一种“国营”，理论上工人是国家的主人。仅这十部书中涉及的企业，就有国有、独资、合资、股份制、全民所有制……人际关系变得极其复杂和微妙，本该以生产为主的车间，人际关系成了“第一生产力”……

过去写工厂生活有个很大的困难，不写生产过程，故事无法展开，人物塑造和矛盾的铺陈都离不开“生产”这个元素，但一写生产过程，作品就显得枯燥乏味，被贬为“车间文学”。而《车间主任》等作品完全没有受这些因素困扰，其表现的是工业生产环境下的职业人生，有其特殊性，也有共性。“工业题材”是个约定俗成的概念，工业剧烈地改变了社会，改变了生活，小说是冲着被工业化改变了的社会生活以及“工业人生”去的，工业生产只是工业人性的背景。工业社会里没有容易的人，也没有容易的人生，小说有察世之智，朴诚沉挚。这是《车间主任》《新生代》乃至《肺活贴》等作品对“工业题材”的开拓和新贡献。

《暖春》题材新颖，在此之前，我还没有读到过像模像样的反映“社工”生活的小说。小说中的居委会，已经完全不是从前由一个“老大姐”，俗称“街道大妈”主持工作的居民委员会了。网络社会，网中人在微信上亲，见了面淡，住在同一栋楼，可能很久都见不上一面。而小说《暖春》，却气度温婉，文字有清趣。

《大湖长歌》显然是取材于东丽湖的开发，因为东丽区的赤土村很有名，小说保留了这个村名。东丽区曾经是天津的一块文学高地，20世纪九十年代崛起的几位专写长篇小说的东丽作家，均已年过花甲。在天津市总工会推荐的十位作家中，看到李旸的名字，令人高兴。

以前东郊区有大片的田地覆盖着黑乎乎的污水，人们钓鱼不敢去东郊。先有东丽湖的开发，后有空港的建成，不仅是一个区改天换地，天津东部半个城市的面貌都大为改观。李旸倘是把格局打开，不局限于一个区、一个湖、一座神龟亭，驰骋想象，把东部天上地下、湖里岸边、神龟金条等串在一起，纵放宕出、浑然成章，或许小说有另一番气象。作家就应对现实深切关注，同时保持易于思考和发挥想象的适度距离。

我居住的小区靠近西外环，十多年前每有西风，便会闻到一种烧胶皮的臭味。无风时也有这种臭味，天空的西边还汹涌着浓密的黑烟……岂料那竟是小说《青铜雕像》的生活原型。社会开放，被贫穷挤压太久的农民，一有了发财致富的自由，便无师自通地寻找各种“赚钱的门路”，然后不顾一切地走下去。其中一条门路是到城里收购废铜烂铝，回家稍作处理，加价卖出。

其中的代表人物李清泉，最初乘长途公交车，奔波一天再乘车回家时，要经过一个检查站。像战争年代穿过封锁线一样，他把装着金属破烂的编织袋东藏西掖，还经常被没收。后来他骑“铁驴”自行车，驮着一二百斤甚至更重的破铜烂铁绕过检查站……书中有个细节具有经典元素，收破烂走街串巷，是十分劳累和辛苦的。一天中午，主人公李清泉实在又累又饿，坐靠在一个变压器小屋的墙根下，从怀里掏出干饽饽和一块咸菜，吃着吃着竟睡着了。迷迷糊糊感到有个热乎乎的东西在嘴边蠕动，用手一拨拉，摸到一团毛烘烘的东西，睁眼一看，是一条流浪狗，正用舌头舔他嘴边的饽饽渣……

他很生气，自己不仅被人欺负，连狗也欺负他，当即把流浪狗赶跑。随后他却想到，这条狗也是饿坏了，才来舔他的嘴，其实自己比流浪狗也强不了多少，早知道就剩点饽饽给它。我想给作者再补充几句：以后这条狗就跟着李清泉到处走街串巷收破烂，成了他的好伙伴，这让他觉得轻松愉快了很多。后来他越做越大，渐渐发展到一个集装箱一个集装箱地大规模处理废旧电缆、电线和各种金属垃圾，最终创建了没有污染的“再生资源公司”。直到他去世后，那条狗还整天守护着他的“青铜雕像”。小说可以有闲笔，增加情趣和意蕴。

《青铜雕像》格调沉郁，文思饱满有力，读罢难抑苍凉之慨。李清泉这个人物不同于以前文学作品中的诸多农民企业家形象，有着完全不同的心性和智慧。从买卖废铜起家，最后为他立了一尊“青铜雕像”。

天津市总工会邀我为这套“十人书”作序。读罢书稿，神思感奋，似能与作者心源相接。于是不避妄言多失，写下读后心得。聊以应命。

作者系中国作家协会原副主席、
天津市作家协会原主席

2024年4月

目　录

第一章

刘彬的一卷图纸

这座城市的东边是东湖。等到大雪覆盖万物的时候，东湖像一张被揉皱而后铺平的白纸。湖水日夜冲刷的岸线，被白雪精细地标识出来，那是波浪所能达到的极致，那条线之上，一片雪白铺盖的土壤，是湖水汹涌侵占的终结，也是湖水无声渗透的开始。

白雪之下，全是鲜活的故事，恣意地生长着。

程毅陪着高学明站在湖边，看着冬日里的大湖，仿佛端详着那一张白纸，褶皱之上，写着湖的生辰。在这里，每一株草木都应当存有姓名，那些因湖水而生，一生都在努力点缀着湖水的草木，此时，被雪花覆盖了模样，草木生命的绚烂颜色在雪后越来越模糊，却也越来越生动。就像是人的记忆，也许会遗失细节、丢落旁枝，但那些留下来的，却在脑海中长久而雀跃地存留着，令人难以忘记。

程毅记得自己也是在这样一个雪后的日子来到东湖建设开发办公室的，寒冷、萧瑟，带着北方平原特有的冷漠与空旷。那个时候，东湖路还是一条双向车道的小路，沿东湖伸展着，对向车道偶尔开来一辆外地牌照的汽车，像白茫茫里的一个黑点。道路一侧是荒凉的冻土，残留着野草枯黄的枝杈，另一侧是结冰的大湖，四下里空旷得令人绝望。

一晃十几年过去了，一切都变了，只有东湖还在冬天最冷的时候结冰，冰面仿佛映射着天空的平镜，天地间存留着的最伟大的对称。

程毅四下张望着，却看到远处一个身影有些熟悉，高高瘦瘦，仿佛雪后大地上留下的一道痕迹。

“主任，那边站着的好像是魏书记。”

程毅上前一步凑近高学明，侧头看向东湖路。不经意间，他压低了声音。

“哟，还真是魏书记，走，咱们去打个招呼。”

高学明拢住目光，认出远处站着的老熟人。他转身刚要走，却被程毅抢先一步挡住。

“主任，魏书记正站在神龟亭里呢。”

程毅刻意加重了“神龟亭”三个字，想起几天前魏书记在高学明办公室里与之针锋相对的样子，心中不免有些后怕。

“这么大年纪的人了，就怕情绪太激动。”

程毅一边小声提醒着高学明，一边望向自己停在路边的汽车，心里盘算着两个人如何能够不声不响地绕过神龟亭，而后坐上汽车离开。

“你打电话让刘彬过来，告诉他，赤土的魏书记也在这里。”

高学明没有理会程毅的话，叮嘱了一句，便快步向神龟亭走去。他脸上洋溢着亲切的笑容，笑容里有着熟人间的热络，似乎能够融化这冰天雪地的寒冷。

一阵风吹来，吹动积雪纷纷飞起，一场短暂的落雪从神龟亭的角檐开始了，松针上的白雪跟着抖动了几下，轻飘飘的，像梦境一般。

在地图上看，东湖湖岸绵延开阔，湖体近似“U”字形，金钟河从湖的西北角穿过，从东北角蜿蜒向前，仿佛一个扎着口的荷包，金钟河便是那一根结实的绳带，拴住了东湖，也拴住了广阔湖水里的丰饶与富足，因此，早年间住在湖边的人们习惯把东湖叫作钱袋湖。年复一年，在湖边，人们春耕秋收，庄稼夏长冬藏；在湖中，鱼儿嬉戏南北，芦苇飘荡西东；在湖上，飞鸟相与往来，星月相伴起落，一湖好水滋养着蓬勃的人间烟火，生命在此孕育生长直至入土为安。程毅所说的神龟亭就建在湖边，与金钟河河道相邻，俯瞰之下，如同绳子在钱袋上打了个漂亮的结，这个结，时刻提醒着人们东湖的来处——金钟河的调蓄湖泊，也时刻提醒着人们东湖的归处——终将会随着河水的远去归入大海，流入更广大的尘世之中。

神龟亭的故事，长久地流传在沿湖村落的传说里。据说，在明永乐大帝建卫的次年，大旱暴发，从惊蛰节气开始一连数月，东湖周边没有下过一滴雨，太阳火辣辣地炙烤着大地，根不得将最后一丝水汽晒干，东湖湖水也在那个燥热的夏日里迅速干涸下沉，靠近岸线的地方，惨白的湖底依稀可见，有几处已经露出了湖底的淤泥。庄稼收获无望，人们放弃了从田里乞食的奢望，转而聚在湖边，从裸露着的淤泥里找吃食。

就在那近乎板结的泥地里，有人挖出了石碑的一角，已经无法考证究竟是哪个人最先发现了这块石碑，在村民的口耳相传中，这个人总会有与传说者相同的姓氏，似乎第一个发现石碑的人身上蕴藏的无限荣光能够让整个村子、整个家族都沐浴金灿灿的华彩，与有荣焉。泥土里先是露出了青白碑首的一角，再向下挖去，盘螭纹装饰的浮雕虽然已经棱角模糊，但那曾经的气派与威严却固执地对抗着岁月的消磨与淤泥中的孤独。后来，人们合力将石碑挖出，请来村里有威望的读书人辨别碑身上斑驳剥落的字迹，一段掩盖在时间之中的过往逐渐清晰了起来。

东湖所在本为退海之地，北宋年间，洪水肆虐，相传人们为了祈求家园平安、免受水患侵扰，便打造石龟安置于此，以期神龟镇水，永保昌隆。于是大家继续向下挖掘，如碑文所述“在玄武位安置神龟镇水”，竟真的挖出一只半人高的石龟，龟背花纹虽因年深日久多有磨损，但仍然可以辨识出当年精细的雕刻工艺。最为神奇之处，当石龟从湖底被挖出重见天日的一刹那，天降甘霖，钱袋湖迎来了一场久违的大雨，万物都在雨水中得到滋养浸润，生机与绿意重返大地，在场众人全部兴奋嘶吼，虔诚地跪拜在这场巨大的神迹之下。后来，村民们感念神龟镇水带来的祥和与瑞气，又可怜神龟与石碑分离，便凑出钱将石碑碑身破损处修复完整，重立龟背之上，并在原地修建了木质凉亭，取名神龟亭，供往来行人避风躲雨，尽享神龟庇佑。也许真的是神龟镇水多有功绩，又或者沧海桑田的变幻本就是万物之理，此去经年，东湖周边再无水患，一湖碧波养育了周边数个村落，人们静待的坚忍，蓄势的生长，一直繁衍至今。

此时，魏书记背坐在神龟亭的栏杆上，面朝着冰封的湖面，目光绵长深邃，消瘦的脸庞浸染着冬日里万物的肃穆与安宁，瘦长的身形与身后的石碑融为一体，仿佛碑文的一部分，细想来，每个人又何尝不是在用一生去书写自己的碑文呢，字字如珠玑，句句似箴言，人世间的每时每刻都在这字字句句里有着一席之地。

高学明大步跨上台阶，伸出手握住了魏书记的手，热情地向老书记问好，而后二人并肩而坐，闲话着与东湖有关的人和事，彼此之间毫无陌生之感，对东湖这片地区的熟悉让他们将声音挤在了一起，想到什么就说什么，想起谁就说起谁。或许，天下的故事太相似，此处与别处，其实没有什么分别，故事肆意传播，像花一样到处盛开，繁茂着每个人对于故土独特的记忆，和记忆中恣然的芳香。

“我一个老家伙，让高主任下不来台了。”

聊到兴起时，魏书记突然话锋一转，说起了几日前的旧事。

“没有这样的事情，我知道您不是为了自己。”

高学明笑着摆了摆手，心中回想着这些年以来自己与魏书记交往的点点滴滴，不由得从心里生出一种敬重。

“谁都知道，东湖能有今天的样子，咱们赤土村是做出了巨大贡献的，而这贡献之中，您这位老书记可以说居功至伟，我们东湖办公室的所有人都得从心里感谢您、感激您。”

高学明说话之间不禁远望，环绕着东湖的大片土地上已经高楼林立。此刻，雪后初晴，还能看到错落的楼顶，没有了往日艳阳下的棱角分明，在白雪的覆盖之下，每一栋的轮廓都圆润而清晰，似乎，建筑师的思考凝固在了建筑之上，一寸寸试探重力的极限，一笔笔勾勒天际的线条。

高学明知道，万事开头难，这难字不仅仅在从零开始的探索与尝试，更在旧有观念的打破与更新。回想起东湖城市规划批复的那一年，大湖周边还是天然形成的众多村落，遍布着耕地与鱼塘，一切都沿袭了旧日里的传统，麻雀站在树上看着农人种植水稻，青蛙散落在湖边各处尽情吟唱，空气中充满了水和草的气味、牛粪和狗尿的气味，好像先祖们就在这样的气味之中耕种与收获，一直传承至今。随后，一张规划图纸改变了这一切，或者说，一张划分着不同地块用地属性的图纸拨动了这块土地上曾经近乎停滞的时间，让它在通向未来的道路上飞驰了起来。

如何将耕地与鱼塘顺利征收，实现东湖建设用地分阶段收储，成为东湖区域开发建设将要迈出的第一步，更是这个新成立的东湖建设开发办公室需要打响的“第一枪”。首批征收土地的公告粘贴在周边几个村队门外的公告栏上，谁承想公告贴出当晚，那些盖着红印章的公文纸便不翼而飞，于是，他们不得已又重新将公告贴了出去，可转天早晨，公告栏上依旧空空如也。一连三日，日日如此，那公告就像每日的太阳，日出时贴在公告栏，崭新得耀眼，日落之后便在黑夜中消失了，直到第二天日头升起，新的公告又贴了出来。

东湖建设开发办公室的人都明白，这是村民们不愿意离开几辈人生活过的土地，不愿意接受土地被征收的证明，村民们更不知道离开了每日的耕种，未来的日子将会是什么样子。测量人员开始准备挨家挨户测量土地的时候，遭到了东湖周边的几个村队近乎一致的阻拦，几个村的书记甚至集体找到区里反映问题，村民们在村口围起了木栅栏，阻挡所有外来人员的进入，一时间人心惶惶，谣言四起。那时，高学明每日都有一种举步维艰的感觉，土地征收工作在公告初期，不得已停滞了下来。

“区长找过我，你跟着你们办公室的老高主任也找过我，道理我都明白，要想生活过得好，就得先迈出第一步。”

回想起当年，东湖开发从零到一的那段日子，魏书记沉沉地叹了口气。

“现在回想起来，总觉得万事都有个过程，只是我们祖祖辈辈只会种地，没有你们外面的人看得明白罢了。”

说着，魏书记不禁摇头笑了起来，银白色的头发似乎比雪还要透亮。

“您谦虚了，您比我们明白，您更比我们有魄力，赤土可是东湖的大村，您又是德高望重的老书记了，当年若不是您第一个签订了宅基地换房协议，东湖周边几个村子的征地怎么可能进行得那么顺利。”

高学明转身面向魏书记，言语出自肺腑，语气里便少了一些呆板，而多了一丝诚恳之气。

“不怕您笑话，当时高主任已经准备让我们几个年轻人每天晚上在村队大院值班了，就专门盯着征地公告，怕转天又不见了。”

高学明回想着过往，曾经的困难此刻都变成了笑谈。

“村民们哪懂这些，以为你们是抢饭碗的，东湖开发建设之后，大家的饭碗端得更牢了，后来第二批、第三批征地拆迁，谁也不再做这些事情了。”

魏书记咧嘴笑了起来，黢黑的皮肤像是灌满水的土地，每一道皱纹都闪着淡淡的光。

“大家接受不了多少年的土地就这么没有了，人们总惦记着能有个念想留着。”

魏书记又叨念了一句，把话题拉回到了眼前。

有很多次，高学明看着魏书记的笑脸，总觉得这是土地上的农民最深层次的狡黠，那是一种与质朴背道而驰的精明。质朴与精明这近乎相悖的特质，同时出现在一个人的脸上，不只是魏书记，和村民打交道久了，甚至觉得村里每个上了年纪的老人都有这种特质。

高学明当然知道魏书记所说的念想指的是什么，眼下东湖路作为湖区主干路即将开始拓宽改造工程，新划定的道路红线正好将神龟亭围了进去，保留神龟亭还是继续道路拓宽，成了摆在他和魏书记之间新的难题，也正因为如此，几天前，魏书记和高学明之间有了那次不愉快的谈话。

根据村志记载，神龟亭最近的一次修缮还是在新中国成立前，将木质凉亭改为石雕材质，角檐飞翘的旧日规格制式仍旧保留了下来，使得这座石亭颇具古意。因为祖祖辈辈都听说过神龟镇水的传说，“摸神龟”便成为一种民间习俗被周边村子的村民们沿袭了下来——每当有新生儿出生，村子里的老人就会把满月的孩子抱到神龟亭，让孩子用那胖乎乎的小手摩挲神龟一圈，这样，那个新生的孩子便沾到了神龟的祥瑞，得到了来自这片神秘水土的最初祝福与绵长庇佑。丝毫不夸张地说，村里的每个人都是在神龟亭里、在石龟的见证下，完成了这样一场人生启程的仪式，那神龟便成为人们心目中最有辈分的一个象征、一种寄托、一个念想。

寒来暑往，神龟亭立在湖边，也立在村民的心里，它看着人世沧桑与湖水涨落，看着一个个开始变为终结，又在终结的地方看到新的开端，风云意气与六道轮回在这里周而复始，生生不息。现在，神龟亭立在了东湖路拓宽改造的红线上，也立在了新一轮开发建设的十字路口。

刘彬的车停在神龟亭前面，他火急火燎地跳下车，大步走向高学明两人，也不忘向后伸出脚，利落地勾上了车门。

“这是建管科的科长刘彬，东湖全域的项目建设都是由他负责的。”

高学明向刘彬招了招手，将他介绍给魏书记。

刘彬胳膊支棱着，腋下夹着几卷晒好的图纸，远远见到高学明身边站定的魏书记，便已经做好探身向前的架势，伸出了双手，等他快步走到魏书记面前，早一把将书记苍老枯瘦的手紧紧地握住，热络地打着招呼。

“魏书记您好。”

“高主任这是带来了精兵强将呢。”

魏书记笑眯眯地上下打量着刘彬，见他中等个子，用手向后梳拢整齐的头发依稀有些花白，身上穿着的黑色棉衣不知在什么地方蹭脏了，挂着一缕一缕的泥绺子，冷眼看去倒不像是建设单位管理工程的科长，反倒像是施工队里面的项目经理，一副万事亲力亲为的利落样子。

“魏书记过奖了，精兵强将我可不敢当，神龟亭对整个东湖都意义重大，我们先后十几次召集专家和设计单位、施工单位一起开会研究，我想借这个机会，给老书记汇报一下各方商定的最终方案。”

说着，刘彬也不等魏书记答话，将棉服向上一拢，便径直蹲在石龟旁边，摊开带来的那几张图纸，排成两排铺在地上，指着其中一张平面图比画着讲了起来。

从图纸上看，神龟亭的位置虽然在拓宽后的东湖路红线上，但其实只占据了一侧的绿化带，并不影响拓宽改造后的交通通行。按照刘彬最初的设想，加强基坑支护，在道路拓宽施工时，用几排密布的钢板桩将神龟亭下面的土层夯实并做好隔离，将神龟亭与施工中的道路隔离开，就像海中的孤岛一样，尽量避免作业面对亭子结构的干扰，等待最终路面完成施工，神龟亭便可以作为绿化带中的一个景观进行保留了。

“这样好的景观全市也没有一个，这可是东湖最响亮的名片。”

第一次专家论证会上，刘彬将这个构想跟参会各方进行了沟通，遗憾的是，这个方案被施工单位请来的专家高工们集体否决了。

方案被否决的原因很简单——施工风险过高。专家们认为，东湖路作为区域主干路，地下管网埋设深度大多在地下七至九米，按照施工技术规范基坑开挖需依照1：1.5的标准设计，神龟亭的位置就在开挖后基坑一侧的斜坡上，用个形象的比喻，就是神龟亭的位置恰好在半山腰，既阻挡了施工机械吊装挖掘，更有边坡滑坡的危险。有个工程师站起来斩钉截铁地说：“一旦滑坡可是要人命的。”

就这样，刘彬设想的双赢方案，就在一众头发花白的专家们连连摇头中被否决了，没有施工单位敢承担这样的风险，毕竟一旦发生基坑塌方，损失的不只是施工工期和建设资金，极有可能是被埋在坑底的一条条鲜活生命。安全重于泰山的口号喊了那么久，早已成为施工项目各方紧绷在脑海中的一根强神经了，这条安全的红线，无论是谁也都是万万不敢逾越的。

刘彬抻着脖子，将论证会上的情况向魏书记如实做了汇报，见魏书记沉默着不出声，便又抬手指定面前早已经冰封的东湖湖面。

“魏书记，您看这神龟亭离水多么近，土壤结构本就疏松多孔，先前我们在进行其他几条沿湖道路施工的时候，不敢用1∶1.5的比例放坡，都不得已加大了放坡的坡度呢。”

见魏书记对于放坡的角度有些疑惑，刘彬连忙给他做了解释。

“放坡就是挖基坑时为了防止土方塌方，需要给两边留出的斜坡，就跟孩子们刨沙子差不多。”

说着，他将一张图纸从地上拎了起来，双手各抓住图纸的一边，在重力的作用下，纸张自然地垂坠成弯兜的形状，一阵风吹过，那弯兜在风中摇晃了起来，让人的心也跟着摇摆不定。

“这几年东湖的发展大家都看在眼里，眼见得是越来越好了，安家的人、旅游的人、工作的人是越来越多，可这条东湖路早上堵车，晚上也堵车，确实应该拓宽改造一下了，我记得上次重修还是五六年前的事情呢。”

程毅不知什么时候溜达到了神龟亭里，见魏书记迟迟不表态，便顺势蹲在刘彬身边，想要拉一个“统一战线”，慢悠悠地讲起东湖路拓宽改造的缘由，最后仍不忘嬉皮笑脸地向魏书记打哈哈。

“魏书记，我没说错吧？”

“上次咱们也只是在原来的道路两侧加宽了路面，这次是按照规划要求，建设城市主干路，不只是路面，地下管网也要一并考虑的。”

刘彬见魏书记对程毅的问话不置可否，便连忙又补充了一句。

终于，魏书记伸出了手，将刘彬的一只手往中间推了推。

“那要是把靠近神龟亭的一边支起来，只留出一边的斜坡呢?”

刘彬摇了摇头。

“离湖太近了，侧向水压力很大，极容易塌方。而且，万一发生塌方，亭子的主体结构一定会随之倾倒。”

刘彬一边说，一边伸出手立在空中，顺势做了个向下倒的手势。

“这湖水的压力再大也总大不过三峡大坝去，我是个祖祖辈辈种地的，不懂得工程上的事情，但是修个水坝都能挡住水，为什么你们修路不能想想办法挡住土呢?”

魏书记满心疑惑地皱起眉头，转过身来看向高学明。

又是一阵风吹过来，拨动着刘彬手里的图纸呼啦啦作响，铺在地面上的一张被风吹起了一角，眼见着要翻过来。刘彬连忙伸出一只脚，踩住了地上这一张差点被吹飞的图纸，而后顺手将几张图纸摞在一起，粗略地卷成了一个厚纸卷。

“其实，我觉得最好的方案就是平移，把神龟亭平移到其他地方，等到东湖路修好了再移回来。”

高学明眼见谈话陷入了僵局，连忙给出了个折中的建议。

“这样倒是可以。”魏书记有些勉强地点了点头，却又有些犹豫。

“毕竟村里老人们的想法还是能不移动神龟最好，它在这里镇着湖水，也保护地方平平安安的，在老人们的观念中，东湖发展得这么好，也是神龟对大家伙儿的一份庇佑。”

“高主任说的这个方案，我们之前也提过，目前看是行不通的，别看咱们站的地方就是个石头亭子，但可都是旧年间的手艺人一块一块石头垒起来的，石头与石头之间就像老建筑的木头榫卯一样严丝合缝，一般工程师根本看不懂这里面的构造，所以平移神龟亭几乎是个不可能的事情，而且，我们最担心的是，非常有可能在移动过程中发生石材坠落伤人事件。”

刘彬说话间将卷好的图纸平放着，在地上推过去又推回来，就像是这些日子以来，他围绕着神龟亭的保护所想到的一个个方案，反复修改，又反复被否决，实在令人感到气馁。

“那么重的石材掉下来，万一砸到下面的石碑可就不好收拾了。”程毅知道刘彬的为难，在一旁小声嘟囔着。

高学明没有接程毅的话茬儿，侧了侧身看着刘彬。

“现在离开春还有些日子，冬天里也不能动土，你去找找文旅体局的同志，问问他们有没有古建筑保护相关的队伍，咱们去拜拜师，请教专业的施工人员，看看有没有更好的方法，如果可以，就把队伍请过来。术业有专攻，那些古建筑都能保护性重建，更何况石头材质的亭子呢，也许人家就有方法把亭子平移过去。”

“高主任，这些年东湖的变化我们是看在眼里的，湖边绿化好了，又建了大公园，但是东湖要开发，历史也要保护呀。”

魏书记停顿了一下，伸出手，拍了拍神龟亭的石柱子，冰凉的石头贴紧了温热的手心，他长长地叹了口气。

“神龟亭虽然没有被归入文物进行保护，但这石碑和神龟可是真真正正宋朝的物件，少说也得有上千年的历史了。”

听到魏书记这样说，高学明不住点头。

“您说的是，家有一老，如有一宝，咱们自己家里有个老物件还得像宝贝疙瘩一样供着呢，更何况这跟东湖一样岁数的神龟呢。”

魏书记见话已至此，知道神龟亭的事情不是这一时半刻能够决定的，需要等待刘彬找到专业保护人员再进行商量，便站起身告辞，顺便善意地提醒着高学明：

“高主任，我都八十了，人们看重我，还叫我一声老书记，可八年前村队换届，我就已经不是村里的书记了，虽然不主事，但大家伙儿也许是见我年纪大，或许有时候有什么事情也爱找我念叨念叨，我耳闻村里人对拆神龟亭这件事情反应可是不小呀。”

高学明知道，魏书记的话并没有夸大的成分，自从今年东湖路拓宽改造项目启动，为了修路必须拆掉神龟亭的小道消息便不胫而走，建设开发办公室常常有前来打听情况的居民。眼下，东湖周边几个旧有自然村落都已经完成了城市化改造，村民们早已搬入新市镇居住，虽然完成了从村民到居民的身份转变，但人们仍旧觉得立在湖边的神龟亭代表了曾经那片难离的故土，无论如何也不会同意因为修路而拆除神龟亭的。于是，一段时间以来，反映问题的信件、电话连日不断，社会反响十分强烈，就连吴副区长也给高学明打了电话了解情况，并叮嘱他工程事小，民心事大，务必要圆满稳妥解决。

“东湖的发展是你实实在在的业绩，但也绝对不能一味讲求发展，忽视群众的合理诉求，千万不能在这件事上翻了船呀。”

高学明回想起吴副区长的叮嘱，不觉心中沉重了起来。其实，不只是东湖一处，很多地方的地方文化在飞速加快的区域发展建设面前，都感到了迷茫和痛楚，它们似乎都陷入了某种二择其一的怪圈，要么选择摒弃，要么遁入停滞，那个发展与保护的“双全法”始终无法找到。

一只白肚黑尾的喜鹊从远处飞来，静止一般落脚在东湖路边的一棵杨树上，突然抖了抖细长的尾巴。高学明不禁想着，大树在移动后依然可以枝繁叶茂，古亭平移要是也能够像树木一样该有多好。那一排107杨是建设开发办公室第一任主任组织栽植的，几年前的那次东湖路重修路面，本来是打算在道路两侧种植更加美观高大的树种，从而替换掉这些普通的杨树的。

“毕竟是一种传承，这些107杨保留的是开发东湖的一段白手起家的过往呢。”社会事业科的刘露说出了大家的心声，最终，开发建设办公室的同事们一致建议将这两排杨树保留下来。经过与设计、施工单位沟通，刘彬采用了新的施工方案——道路拓宽后将两侧的树木向外平移十米，让这些“老朋友”依然屹立在进出东湖的交通主干路上。

嘱托程毅和刘彬送魏书记回家后，高学明仍旧留在刚刚落脚的湖边。这片退海之地，从湿甸连片、芦苇丛生，到万亩平湖、飞鸟往来，万物积蓄着一种生发的劲头。高学明知道，不进则退，万事万物都有着应势而为的道理，打通制约整个东湖区域的交通瓶颈固然能够拉动经济，但这个拉动力还远远不够，东湖还远未达到一个成熟区域的发展水平，随着时间的推移，那个能够推动区域经济社会变革与发展的持久动力始终没有出现。没人知道这个动力什么时候会出现，又或者永远不会出现，长久下去，没有动力的支撑，东湖的发展再迅速、再声势浩大，也只能是昙花一现罢了，这是他心中隐隐的忧虑，也是长久以来未解的难题。

当然，高学明心中还是存着一丝不曾对外人言说的侥幸的——上一次重修东湖路，是为了引入玛雅主题公园这个国家5A级旅游项目，同年便带动区域生产总值翻了一番。这一次依旧是要对东湖路进行改造，而且改造的工程量更大，也许冥冥之中真的会迎来发展的新契机呢?

天寒地冻，高学明还在湖边呆呆地站着，太阳直射在冰面上发出刺眼的光芒，那些光让他既兴奋又恍惚，就像当年他站在重修的东湖路边，看着太阳照在玛雅主题公园正在建设的木质过山车上时的感觉一样。那一天，他拿出手机，拍下了施工中的玛雅主题公园项目，心里异常笃定，他知道有了玛雅主题公园这个新地标，更多的资源要素都会涌到这里来，东湖会迎来前所未有的发展良机，那种因为笃定而产生的兴奋与跃跃欲试的冲劲，让他久久难忘，以至于此时此刻，他站在冬日的湖边，仍旧觉得心潮澎湃。

第二章

高学明说的店小二

说起当年旧事，还真的要从东湖玛雅主题公园的地标建筑那座木质过山车说起。它是主题公园最具特色的游乐项目，整条过山车轨道最高处有45米，全轨道长度1200米，与其他游乐园中的普通钢架过山车相比，这条过山车采用了当时最先进的设计理念和设计构思，取得了国内外多项安全措施认证，除基础部位外全部由木头拼接而成。临水而设是主题公园的这座木质过山车最为独特的特征，它就建在东湖岸边，倒影清晰地落在湖面上，每当过山车驶过木质排架，仿佛水中还有另一辆过山车正在一同奔腾。

等到夕阳西下的时候，橙红色的阳光温柔而多情，晕染了整个天空，万丈红霞穿越过山车木质的排架，又瞬间从那丰富而多变的木头纹理中投射而出，让那深沉的金红之色包围着湖水、天空、彩云和过山车，让万物都披上了一种神秘的色彩，仿佛沧海桑田都会归于一瞬的神秘，如同置身一幅古老而辽阔的版画，将公园内的欢声笑语与湖水中的蓬勃生机都凝固在其中。而后，太阳渐渐隐没于大地深处，水汽缭绕的湖面也被霞光点燃成火红颜色，属于湖水的粼粼波光渐次而出，这是此时天空与大地的颜色，似乎这悠然的东湖能够一直延伸到太阳落下的那个遥远地方。此时，一辆过山车自木架上呼啸而过，一意向前，又灵动自在，在急速的上升与下降中，如同一条巨龙，恣意盘旋自水中，又蜿蜒在火焰里，将沉浸在这个欢乐王国里的人们那种欢乐、欢呼、欢腾都激发了出来。

开园在即，玛雅主题公园的建设运营公司为了能够更好地宣传木质过山车这个特色旅游项目，决定临时改变公园开园的宣传策略，打算邀请媒体和游客参与进来，在主题公园开业运营的当天举办一场盛大的嘉年华开幕活动。而这个开幕活动的举办地就设在木质过山车项目周边的空地上，让所有到场的观众都能够近距离亲身体验到过山车驶过时的那种震撼与新奇。运营公司找到了区政府，希望能够将湖岸到过山车这一段的绿地进行改造，建设成一个用于开园活动嘉年华的小广场。区政府负责主题公园项目对接的同志听到运营公司提出的实际需求，觉得这个方案确实可行，既宣传了玛雅主题公园这个重点项目，拉动东湖周边的旅游发展，又能切实解决企业存在的困难，树立良好的招商形象，他们当然愿意成人之美，于是就联系高学明，将新建广场的任务交给了建设开发办公室。

从高学明那里接到这个新任务的时候，刘彬直接拒绝了。

他在高学明面前不停摆手，就像扔掉一个烫手的山芋一样，利落、干脆，丝毫没有回转的余地。

“想都不要想，根本干不完，从今天到公园开业那天，满打满算也就十来天，这不是赶鸭子上架嘛。更何况，开业之前玛雅主题公园那边还要布置场地、活动彩排，这样一算，留给新建一个小广场的时间，可能连十天也没有呢。”

刘彬坐在高学明办公桌前的椅子上，脖子支棱着，身子向前探，胳膊肘架在办公桌上，掰开手指头数着玛雅主题公园开业的日子，开始给高学明算时间账。

“区里一拍脑袋就把这事答应下来了，怎么答应的时候不想想，这活儿能不能干完，怎么不替咱们基层的人多想想呢？”

刘彬算了半天也算不出什么，索性大手一挥，身子靠在椅背上看着高学明，等着他给区里打电话将新建广场的事情推掉。

高学明也不着急，就耐心地坐在刘彬对面，看着他掰手指头数日子，又等着他把牢骚话都说完。多少年的老同事了，对于刘彬的性子，高学明还是摸得很清的，他知道每每遇到各种急、难、重的工作任务，刘彬总会唠唠叨叨一通，先是把工作面临的困难都一一罗列出来，再把该抱怨和不该抱怨的人、事、物都埋怨一顿，跟他不熟的人还真的会被他这套“组合拳”唬住了，给人留下他不好打交道的初期印象，认为交给他的工作任务他推三阻四无法完成。其实，刘彬只是直脾气，想到什么就说什么，做事情先把困难讲清楚，不太懂得人情世故，不知道把话说得委婉罢了。高学明知道，在开发建设办公室，若是论起工作能力，刘彬一定是数一数二的一把好手，要是真的把工作交给他，不论多么紧急艰巨的任务，他最后一定会想出解决办法，圆满完成任务的。刘彬这个吃力不讨好的“倔脾气”，被刘露形容为“噘嘴骡子卖了个驴价钱，都怪那张破嘴”，用刘彬自己的话来形容，就是“活鱼不卖，摔死了卖”，虽然自己清楚自己的脾气，可一时半刻要改也改不过来，他依然是那个说话耿直不会转弯，话到嘴边张口就说的性子。

高学明并不反驳刘彬提出的各种困难，就任凭他把想说的话都说完了，直到他不再说话，等着自己表态。其实刘彬不抱怨，高学明也很清楚，毕竟现实情况就摆在那里，想要在这么短的时间完成一个小广场的修建，还要保证建设质量，在开业当天能够正常投入使用，的确不是一件容易的事情。

“主任，您也拿个主意呀，别光听我说。”

刘彬就是个急脾气，他说完话，恨不得高学明立即就给他回应。他见高学明不答话，就又换了个姿势，确切地说，是从刚刚整个人堆在椅背上的状态，变成了两个胳膊搭在桌子上，探着脑袋瞅着高学明，就像是考试之后，等待着老师公布成绩的小学生，一双耳朵支棱听着，无论好坏，都想等一个干脆利落的结果。

“咱们都知道，南方城市的经济发展快，人们思想活络，我最近倒是听到从那边传来的一个新鲜词，确切地说应该是从浙江沿海地区传来的，叫作‘店小二精神’。所谓的‘店小二’，就是各个地方部门要用心服务企业项目，做好他们的‘店小二'，因企施策，点对点地解决企业在经营中反映出的问题和诉求，扎扎实实做好地区营商环境的创建，让企业来得了、留得下、干得好，切切实实为地方经济做出贡献。”

第一次听到“店小二”这个说法时，高学明的确觉得眼前一亮。开会的时候，区里总说要大家打开脑袋上的“津门”，而这个“津门”要打开，首先就是要冲破每个人思想观念上的阻碍，真正开阔眼界、提升境界，不能总是摆出一副“官老爷”高高在上的样子，对于企业的诉求只是单纯一刀切地给出一个“不”字，就觉得万事大吉了。他今天对刘彬提出“店小二”的这个概念，也是想让刘彬先从思想上消除抵触情绪，把注意力集中到如何解决眼下问题上来。

显然，高学明的话让刘彬陷入了深深的思考，他不再支棱着脖子追着高学明表态，反而认同地点了点头。见状，高学明趁热打铁，继续劝说刘彬。

“咱们总说发展发展，企业不来，项目不来，怎么发展？现在人家企业来了，还带了玛雅主题公园这么大、这么好的项目，如果我们建开办连企业提出的这个要求都不能给个圆满的解决，那么以后招商科就不要去招商了，大企业好项目肯定对咱们失去了信心，毕竟这个圈子不大，有点儿风吹草动马上就会传出去的。咱们不能让落地东湖的企业寒了心呀。”

最后这句话，高学明放缓了语速，却加重了语气，这话看似是对刘彬说的，其实他觉得也是在给自己提个醒，对于玛雅主题公园项目的落地，无论如何，建设开发办公室都应该重视企业提出的合理诉求，想办法给一个满意的答复。

“就算是给企业解决问题，那也要先把施工图给我呀，拿到图纸，我们科室好赶紧研究怎么抢工期，把小广场做出来。现在没有图纸让我们怎么干活儿?”

刘彬觉得高学明说得有道理，总不能根本就没有尝试着去做，就直接说做不出来。但是他转念一想，凡事都得有个限度，十几天的时间建成一个开业活动的广场，真的是件从来没有接触过的棘手事。话不能说得太满，事不能办得太绝，总要留出一点儿余地才好，因此刘彬觉得有必要提个醒，便又补充了一句看似唠叨的叮嘱：

“最晚后天，后天下班前一定得给我图纸，没有时间晒图，哪怕先把电子版传给我也行，我得让王姐先做着预算。有了图纸，大家伙儿紧紧手，各个工序穿插着干。十天，十天一晃就过去，要硬化铺装，还得选苗绿化，对了，石材！石材也得选购——”

刘彬说的王姐是建设开发办公室的高级工程师王金瑜，那是个难得的技术型人才，工程造价的事情由她把关一定不会有问题。只是这十天的时间要完成这么大的工程，刘彬越算计越觉得为难，本来想对高学明说“怎么想怎么觉得干不完”，但话到嘴边又咽了回去。

“图纸的事情，在我叫你来我办公室商量这件事情之前，就已经安排王金瑜联系设计单位去做了，你就踏实等她消息吧。”

高学明一副胸有成竹的样子，笑眯眯地看着刘彬，就连说话的声音都是一如既往的气定神闲，语气里丝毫没有因为工期紧张而产生的焦虑感。其实，他没有告诉刘彬的是，自己给王金瑜规定的设计出图时间是后天一早，也就是要求设计单位在四十八小时之内将图纸发过来。结果，就连高学明自己也没有想到，刘彬只要求后天下班前看到图纸就行。

此时，高学明心里盘算着，虽然刘彬嘴上说着时间紧任务重的话，但从他并没有那么着急看到图纸来说，刘彬自己对能够在玛雅主题公园开业之前完成广场铺装还是有把握的，要不然，以他的急性子，一分一秒都不想浪费呢。想到这里，高学明悬着的心似乎也放了一放，他相信刘彬这几天应该也不会坐在办公室眼巴巴地等图纸，肯定会穿插着做其他准备工作，等王金瑜的图纸一到，广场建设就能顺利开工了。

刘彬从高学明办公室出来，心里还在盘算着玛雅主题公园开业广场的事情，走到自己办公室门口，目光扫到科室新来的科员小张，见她正坐在电脑前面，对着密密麻麻的一大串表格，自顾自地念叨着一大堆工程数据，完全沉浸在自己的世界之中，丝毫不理会周围的事物。

小张是985名校的硕士毕业生，刚刚离开校园就进入职场，肯干活儿、肯吃苦，没有一点儿应届毕业生的娇气和傻气，科室的人对这孩子评价都不错。只是，也许刚刚接触社会不久，小张身上还保留着鲜明的个性棱角，遇事一副我行我素的样子，倔脾气一上来，让她走东，她非闯西，全然是混不吝的劲头。

不过刘彬倒是很能理解小张，谁还没有过刚刚参加工作的愣头青的时候呢，他让科室的内勤青青负责带一带小张这个新人，觉得两个女同志在一起，说话也有共同语言，更何况青青工作能力强，办事有分寸，刘彬相信，青青一定能在很多方面给小张帮助和指导，毕竟自己年轻时候走过弯路、吃过亏，能让年轻人少走一些弯路总是件好事情。刘彬没有理会小张摇头晃脑的举动，推开办公室的门，翻出现场记录，拿上车钥匙，准备去施工工地。

“今天的进度日报写完了吗?”

青青眼神活络地看到刘彬走进办公室，忙转身推了推小张，问道。

“写完了，我拿给你。”

小张利落地从桌上文件盒里抽出一份打印好的日报，随手递给了青青。

青青接过文件，粗略地看了一眼格式没有问题，便三步并作两步赶上了正准备出门的刘彬。

“刘科，今天的日报整理好了，您过目。”

刘彬停下匆匆的脚步，低头翻看了一眼青青手中的日报，指了指自己办公室。

“手头够麻利的，放我桌子上吧，我等会儿回来看。”

也不等青青回应，刘彬说完话，便风风火火地离开了。

“紫叶小柴到底是什么呀，为什么叫作紫叶小柴呢?”

青青将日报放到刘彬办公桌，反手关上了门，就看见小张盯着电脑屏幕，皱起了眉头，自顾自念叨着。

“是紫叶小檗，bò——”

坐在青青和小张对面的王星，忍不住拉长了声音，纠正道。

小张凑近屏幕，仔细看着表格上的字，想了想“柴”字，又看了看屏幕上的“檗”字，感觉它们就像是孪生的兄弟，一个生机勃勃，一个只等着烧火，忍不住哈哈大笑起来。

“你多读点书吧，新中国成立后都消除文盲了呢。”

王星看见小张没来由的大笑，终于自己也忍不住跟着笑了起来，一边笑，一边不忘揶揄小张一句。

听他这么一说，小张呸呸地碎碎念叨着站起身，走到王星身后，看到他正在刷购物网站，便一脸贼笑地戳了戳他的椅背，“你也一样多读书，有空多读书，别总淘宝买东西，一个男生居然是购物狂。”

“我真没在淘宝，我在看价格，我得知道市场价格才能知道施工队给我的报价准不准。”

王星转过头，一脸无奈地看着小张，一边嘲笑她的似懂非懂，一边伸出一根手指，用关节敲了敲屏幕，指着购物网站上的一个价格给小张看，随后，他又将屏幕切换到计量软件上，从密密麻麻的工程量清单中找到一行报价，再次指给小张看。

“看到了吗，我在比较价格，就算在淘宝，也是工作的一项呢。”

小张嗯了一声，知道自己错怪了王星，但又觉得自己被嘲笑念错字的事情有些难为情，便有一搭没一搭地问话。

“那你找找，紫叶小檗多少钱呢？”

“这周的信息报给行政办了吗?”

青青回到座位上，喊着小张问道。

小张连忙点点头，不再理会王星，蹦跶着回到自己座位，在文件夹里翻出了当天报纸的剪报，献宝一般递到了青青面前。

“放心吧，周一我就报给行政办了，你看，我们科室的信息，今天已经登在报纸上了。”

“不错，干活儿够麻利的，提出表扬。”

青青笑着从小张手中接过报纸，在版头的位置看到了东湖环湖绿化的大篇幅报道，文字下面还配上了夏日里荷叶连天的照片，一片生机盎然的样子。然而当她看到标题下面署名“徐玮”的字样时，便沉下脸来，指着徐玮的名字，追问小张。

“这不是署名徐玮吗，怎么是你报的呢，这信息是你们俩谁写的呢?”

对于署名的事情，小张倒是颇不以为意，她指了指报纸上的文字，回答得颇为自信。

“放心吧，就是我报的，写的是欧工在东湖湖心岛绿化的事情，我报给的行政办徐姐。”

见小张这样说，青青也不好再计较许多，她把剪报收好，又还给了小张。

晚上下班的时候，青青环顾四周，看到工位上几个去施工现场的同事都还没有回来，猜测他们今天又要加班干到晚上了。于是，她把早上科室例会的会议纪要打印出来，分别放到了那几个同事的办公桌上。

程毅晃晃悠悠地走出自己办公室，一副并不着急回家的样子，跑到青青面前，一脸坏笑。

“青姐今天坐班车吗？搭我的车吧，我正好去市里，捎上你一起，比班车到家快。”

“程主任这酒局真是频繁呀，大晚上的还要去市里小酌一下，小心违反八项规定哦。”

青青收拾着桌子上散落的文件，一边收拾，一边和程毅搭话。

“哎呀，冤枉呀，我去接孩子，喝什么酒呀，现在谁还敢随便参加酒局。”

程毅嬉皮笑脸地摆摆手，就站在原地等着青青收拾好办公桌。

“不喝酒可以喝水啊。”

青青停下手上的活儿，抬眼看着程毅。

“什么水呀？”

程毅眨了眨眼睛，一头雾水地问着，显然被青青突如其来的话弄蒙了。

“程主任这么会端水，不得好好喝喝？”

青青端起自己那只黑色保温杯，在程毅面前晃过来，又晃过去，慢慢悠悠的，眼睛紧盯着程毅脸上的表情变化，似乎想要确认程毅是否听懂了自己的话。

看着青青有备而来的试探，程毅立即明白了青青话里的玄机，但是有些事情又不好一下点破，只能一边尴尬地笑着，一边向青青服软。

“行政办的工作不好做呀，每天忙得脚朝天，也干不出个实实在在的成绩，全仰仗咱们建开办兄弟姐妹的支持，才能让我们顺利地把工作推动了，所以，必须得把水端平了，端水可是个技术活儿。”

“你是来感谢我们科报信息的事情吧？”

青青看着程毅殷勤的样子，就明白他误会了，大概认为信息是她写的，自觉理亏，所以过来打个圆场，毕竟信息是建管科报给了行政办，但是报纸上的作者署名却是行政办联系人，这其中谁偷偷占了便宜，拿走了别人的劳动成果再明显不过。

明白了程毅的来意，青青也不着急，慢悠悠地收拾着书包，存心把程毅晾在一边等着。终于，她背上了书包，拿着手机在程毅面前晃了晃，笑眯眯地跟他告别。

“今天就不坐程主任的车了，我去我妈那边，咱俩不顺路。”

说完，青青绕过了程毅，转身去赶班车，走了两步，突然停下来，看着还傻站在原地的程毅，嘿嘿一笑。

“程主任，湖心岛绿化的信息虽然是我们科室报的，但不是我写的，是我们科新来的研究生小张写的，写得好吧？”

程毅咧着嘴没有说话，伸出大拇指，在青青眼前重重地比画着。

青青冷笑着翻了个白眼，一边摇头，一边叹息。

“写得好有什么用呀，新来的小孩，会干活儿不会表功，大夏天的，太阳底下跟着欧工溜达了几天，就为了收集素材，写点儿实事。可惜呀，写出来的信息连个名字都没有，有些人也真是会捡便宜活儿。你说说，这种情况，我们也只能喝杯凉水败败火了吧。”

青青没有等程毅的回话，拎着书包径直跑向了班车。

当班车驶过东湖路，青青从车窗向外看，正巧看到欧工和几个监理在东湖路沿线巡查。正值黄昏，虽然太阳已经没有白天那么毒了，但空气里依然弥漫着阵阵热浪，扑到脸上，像被火烤了一下似的，连喘气都觉得憋得慌，又闷又湿。

青青突然想起当天中午欧工从工地回来，后背的工作服被汗水完全浸湿了，闻上去散发着一股子怪味儿。

“没办法，衣服总是在干湿之间频繁切换，我磨掉鞋底的两双鞋到现在也没人给报销。”

欧工当时瞥见青青正捏着鼻子看他，于是特意在青青面前绕了一圈，边走边抱怨。而后，他又走到饮水机前面打了一杯凉水，咕嘟咕嘟喝了下去，喝得太急，打了个响嗝，嬉皮笑脸的样子把小张逗得哈哈大笑。

青青看着夕阳西下，同事们在路基之上来回走动的身影，感觉他们仿佛是一个个深藏功与名的隐士，辛勤地付出与劳作，只为了把眼前的项目建设好，但是项目完工了，道路通车了，他们来不及享受成功的喜悦，就又要马不停蹄地开始新的建设任务了。

青青突然觉得，东湖开发建设办公室里那些忙忙碌碌着的每个人都像是夏日里的蝉，扑扇着翅膀在树枝上鸣叫，等到收获时节，却又深藏在泥土之中，不见了踪影。

夏日里，蝉在树上热闹地叫着，日子也在蝉鸣中匆匆走过，玛雅主题公园开业的日子越来越近。

令人沮丧的是，刘彬并没有如期收到广场项目的设计图纸。整整一天，他几乎每隔一小时便会打来电话向王金瑜追问设计单位的工作进度。刘彬的追问似乎很有道理，原来，设计单位已经按照建开办提出的要求，加班加点将设计图做出来了，并且图纸完成的第一时间就通过电子邮件发给了王金瑜。然而，看过图纸，王金瑜并不满意，她觉得这个广场的设计过于普通，就和街边公园里所有的广场一样，并没有任何特色，只是供市民们锻炼身体、遛弯儿聊天的一个去处罢了。

“我们要的是一个建在湖边，用来举办主题公园开业嘉年华的广场，不是一个用来播放音响，让人们跳广场舞的地方。”

王金瑜毫不犹豫地拨通了设计单位的电话，态度坚决地要求他们重新设计，直到她满意为止。

王金瑜的这个行为令刘彬极为不满，但因为设计单位只把图纸发给了王金瑜，他也没有办法从王金瑜的邮箱里把设计图偷出来。于是，他只能不停地打电话催促王金瑜，要求看到图纸，后来几乎是每半小时就要打一个电话。频繁的电话轰炸让王金瑜心烦不已，她干脆把刘彬从自己的电话通讯录里面拉黑，电话铃声不再响起，王金瑜的办公室瞬间清静了下来。

等不到图纸，又联系不上王金瑜的刘彬成了热锅上的蚂蚁，在办公室转了几圈之后，突然一拍脑门，直接找到了王金瑜的面前。

“建设这个广场，本来就时间紧任务重，你可以先把图纸给我们，让我们先准备着。”

“我已经跟你说了，设计出的图不行，我打回去了让他们重新做，你在这里催我也没有用。”

王金瑜又一次重复着，显然在刘彬的不断催促下，她也在压抑着自己的火气。

“王姐，现在公园开业在即，施工工期本来就短，就算现在把图纸拿来，弟兄们加班加点，五加二、白加黑地干活，也不一定能够赶在开业当天完工呢。”

刘彬指着王金瑜办公桌上的台历，一遍遍强调着时间的紧迫。他觉得就在这个当口，王金瑜还在讲究什么设计感、艺术感，简直是不体谅一线人员的辛苦。

“我当然知道你们建管科工作的辛苦，但是你想想，咱们既然辛辛苦苦干了这个工作，为什么不把事情做到好，做得漂漂亮亮呢？”

刘彬的话让王金瑜觉得委屈，她认为刘彬只是追求速度，完全不考虑工作质量，于是仍旧耐着性子给刘彬解释。

“彬子，你想想，开业当天，市领导、区领导都会来到现场，各个媒体也会大篇幅报道，东湖周边的居民也肯定会来看热闹，这是一个大活动，一个能够宣传咱们东湖、宣传主题公园的好机会，而这个机会现在就在你要建的这个广场上，我们没有理由不把广场建好呀。”

"王姐，你这话是觉得我们糊弄事儿吗？我这人说话直，对，设计在一边慢慢画图，画出一个比民园广场还要好的设计，可到时候我们没有时间建，你设计得再好有什么用？开业活动要在图纸上进行吗？"

一来二去，刘彬的脾气上来了，说话语气有些呛人，越说声音越大。

"举办仪式的广场当然要体现地区独特性了，这就是设计的重要意义。如果就只是随随便便铺一个社区小广场，那干什么还要设计呢，你们建管科自己找'水猫儿'①干就行了。"

王金瑜无奈地摇了摇头，露出一抹冷笑，决定不再搭理刘彬。

眼见着两个人谁也说服不了谁，一时间谁再多说一句就有可能争吵起来，于是就这么一个站着、一个坐着，僵在了王金瑜的办公室里。最终，刘彬觉得时间紧迫，不能干耗着，决定和王金瑜一起去找高学明，让他来解决这个问题。

谁承想，刘彬和王金瑜刚走出楼道，就看到远远走过来两个人，拉拉扯扯地要往高学明的办公室走去。

刘彬快走几步上前一看，就看到东湖的居民尚德义正拽着欧工的衣服，理直气壮地扬言要打电话报警。

"松开，松开，让别人看见成什么样子。"

说着，刘彬快步跑着冲到了尚德义面前，拉开他抓着欧工的手。

---

① 指路边接临时活儿的民工。

“刘彬你别拦着他，你让他报警，看看警察怎么处理。”

欧工拽了拽自己被拉扯的衣领子，不依不饶地推了刘彬一下，示意他不要管。

刘彬转头瞪了欧工一眼，让他别再多说，又向王金瑜招了招手，示意王金瑜带欧工离开。

王金瑜眼睛瞄了一下高学明关着门的办公室，生怕事情越闹越大，便也不再固执于设计图纸的事情，拉着欧工想要离开。

“警察来了也得讲道理，我金子丢了，你们就得赔。”

尚德义敦实的个子站在中等身材的刘彬面前似乎还显得矮了一截，他翻着眼睛瞪着刘彬，一副理直气壮的样子。

“你金子丢了找不到我，当天你自己也在现场，我们也拍了视频，大眼瞪小眼地都看着了，根本就没有你说的东西。”

听到金子两个字，欧工就觉得憋屈，一股怒气没处发泄，冲着尚德义喊道。

尚德义很不耐烦地摇头，额头上青筋暴起，他也感觉自己受了天大的委屈。

“每次找你们，你们都不给解决，我告诉你，今天要是不给我个说法，我就闹到市里面去，让市领导来给我个说法。”

“你爱找谁找谁，别在这里讹我。”

听到尚德义的威胁，欧工也不示弱，回呛着。

“你少说几句吧，还没完了。”

王金瑜见欧工火气不小，害怕两个人再起冲突，连忙拽着欧工的胳膊向楼道里面走。可谁知欧工就是来了犟脾气，王金瑜一个女同志愣是没有拽动欧工，四个人就在楼道里僵持着。

刘彬感觉自己头都大了，自己本来就因为修建广场的事情着急上火，没想到欧工又在楼道里和尚德义互不相让地掰扯，但欧工毕竟是建开办的老员工了，当着外人又不能不顾及他的面子。刘彬又转头看着尚德义，只见他额角的青筋都蹦了出来，脾气上来了更是比老牛都倔，俨然一副死磕到底的架势。

也许是一时急智，刘彬突然用力将欧工推进了高学明的办公室，让王金瑜看着欧工不许出来，然后砰的一声把门关紧。接着，他又给负责综治工作的刘露打了一通电话，让刘露赶紧过来解决问题，而自己就陪在尚德义的旁边，不让他再闹。

“抽烟吗？”

刘彬递了一根烟给尚德义，见他接过了香烟，便拉着他走到楼道外面的空地，边抽烟边等着刘露。

尚德义手一抖，烟灰如絮一般落在了地上，像一颗颗灰白色的豆子，风一吹，就散了。

从刘露那里，刘彬也了解了尚德义所说的金子的事情，也不知道应该怎么劝他，只能又递过去一根烟给他。

金子的事情，还要从尚德义的爷爷尚祥中说起。

新中国成立前，尚家是村里响当当的大户人家，高门大院，良田遍地，村里人开玩笑的时候会说，从东湖边往南跑三天三夜，跑累了歇歇脚，低头一看，脚底下踩着的还是尚家的产业。虽然没有人真的这样奔跑过，但单凭人们茶余饭后的笑谈，也足见尚家的家境殷实。

都说“宁为太平犬，莫作离乱人”，赶上了时局不靖，任你诗书传家也好，百战骁将也罢，都要在这乱世面前低下头，默不吭声地祈求平安度日。尚祥中考虑到兵荒马乱的年月留着这份庞大的家业有些过分招眼，于是，便和家里人商量着变卖了大部分田产，换成了大小黄鱼压在手里，以求随时周转，万一真的打仗打了过来，也好带着全家老小逃难。

只有一点，在那个年代不论大黄鱼、小黄鱼，都是市面上罕见的，尚祥中想到了钱庄，所以他兑换金子的事情在钱庄里都有记载，也就是这个记录，给尚祥中甚至整个尚家惹来了大麻烦。

眼见着局势一天比一天差，当时的国民党守军营长李国明便萌生了逃跑的念头。逃跑之前，他几乎挖地三尺一般找到了附近村子里的大户人家，名为支援战事筹款，实则就是明抢明夺。那些地主富户见到当兵的自然不敢招惹，都想着花钱买平安，只要李国明提出数额来，便都如数奉上，不敢怠慢分毫。

风闻尚祥中兑换了大小黄鱼的事情，李国明立即找到了尚家，带来的一小队警卫兵把尚家老宅围了个严严实实，黑洞洞的枪口朝向着尚家大门。李国明先是以前方战事紧急，需要乡绅捐助支援前线为借口要求尚祥中拿钱，但被尚祥中一口回绝。李国明软硬兼施，见尚祥中态度坚决，便一个眼神递过去，身后几个大兵不由分说在家里一阵翻找，但凡尚家人敢阻拦，便直接枪口对着来人的脑门。好汉不吃眼前亏，尚祥中吩咐下去，让李国明随便翻找，家人们不许阻拦，谁承想，翻遍了尚家也没找到那些传说中的金子。

“长官，真的没骗您，金子是换了一点儿，但那时正赶上我爹倒头，村里办丧事本就费钱，我们家在村里也算是有些头面，不能在这事情上被人说三道四，无论如何也要给我爹体面风光地送走，光是搭棚唱戏就唱了好多天，这事情村里人都知道，剩下的一点儿好东西也都给他陪葬了。您现在找我要小黄鱼，我是真的拿不出来。”尚祥中脸色惨白，惊吓之中，给李国明端茶的手一抖，茶水洒了出来。

李国明眼看着到手的鸭子飞了，火气一下子冲到了脑门，他猛地站起身，拽着尚祥中的衣领子，抬手就是一巴掌。

“好说好道你听不懂是吧，我告诉你，别给我拿死人糊弄，别说东西在坟地里，就算在阎王爷手里，你也得给我要回来。”

尚祥中被李国明打得一个趔趄撞在了黄花梨木的桌角上，鲜血立时从额头淌了下来。李国明见状直接掏出了盒子枪，蹲在尚祥中面前，枪口抵着额头上的伤，吓得尚祥中大气不敢喘，顾不得喊疼，闭着眼睛等死。

见尚祥中软硬不吃，李国明沾着血的枪口在尚祥中脑门狠狠戳了几下，而后就是一阵冷笑。

“不愿意拿出来是吧，我有的是办法让你乖乖拿出来，咱们路还长着，就怕你留着金子没命花。”

李国明放下狠话，便让几个大兵把尚祥中五花大绑，扛进了宪兵队的大卡车。车轮轧过村口的土路，卷起的漫天黄土呛得人睁不开眼睛，等到黄土落下，早已不见了车队的踪影，只留下尚家老宅里男男女女的哭号之声。

就这样，尚祥中被李国明连夜关进了监狱，又让前来说情的乡绅带话给尚家的人，见不到金子就等着收尸。为了让尚祥中交代那些大小黄鱼的下落，狱警在李国明的授意下没少“关照”他，尚祥中被打得不成人样，但就是一口咬定自己冤枉，传言中的金子都给尚老爷子办丧事用尽了。

尚祥中在监狱里受尽折磨，尚家的家里人更是急得火上了房，大奶奶变卖了陪嫁的首饰，折换成银票送到了李国明眼前。李国明见到银票，自然是喜笑颜开，嘴上说着“好、好”，手上收着银票，但见不到金子，放人的事情是只字不提，尚祥中在监狱里挨打的次数倒是只多不少。

尚家无奈，不能眼见着尚祥中为了金子死在监狱里，只能请来十里八村有名的大了①，双方商量了吉日，准备刨开尚老爷子的新坟，不管陪葬的有多少金子，都取出来换尚祥中的一条命。

好在天无绝人之路，就在尚家准备开棺的前一天，国民党守军投降了。

旭日东升，阳光洒在大地上，暖洋洋的让人欣喜，一切都恍如新生一般。尚祥中被人从监狱里面接出来的时候，浑身是血，整个人瘦得只剩下一把骨头，抬进家里，眼睛闭着，脸上

① 天津人对婚丧嫁娶组织者的一个称呼。

是灰黑的气色，就像是死人一样，大奶奶只看了一眼就吓得昏了过去。人们赶紧请来郎中，老先生搭了搭脉，连连摇头，交代家里早些安排后事，几个儿子苦苦哀求，请郎中想尽办法救人一命。老先生留下一副方子就走了，告诉他们，听天由命。

也许，真的是吉人自有天相，在众人的哭喊声中，一服药喝下去，尚祥中居然睁开了眼睛，经过一番调养，他居然真的活了下来。眼见着尚祥中恢复得和先前无二，人们心里的疑问久久不散，就算是给尚老爷子料理后事花了不少钱，但尚家家大业大，断不可能把家底花空，难道那些大小黄鱼真的随着陪葬品进了棺材吗？

人心就像不待风吹而自落的花，一旦有了贪婪，人就会蠢蠢欲动。尚家的几个儿子隔三岔五总会到尚祥中面前提起金子的事情，撺掇着想要把金子找出来。

"我拿命换来的东西，你们这些兔崽子也妄图惦记——"

尚祥中一口痰啐在了三儿子的脸上。从那以后，但凡是提到与金子相关的事情，哪怕闲聊中无意说起，都会挨上尚祥中一顿臭骂。

日子流水一般过去，大家伙儿虽然都知道家里有大小黄鱼，可时间久了，再也没有谁敢惦记分毫。

直到尚祥中过世的那个晚上，他躺在床上气息微弱，但一双眼睛瞪得老大，直勾勾地盯着窗户外面。人们认为，人在临死之前都会看到活着的人看不到的事物，也许窗外已经站定了来接他的故旧，准备带着他离开尘世。

几个儿子见老人已近弥留，呼啦啦跪在床前，一边磕着头，一边哭着让老人家安心走。可是，老爷子就是不咽下最后这口气，睁着个眼睛，只剩下一口口吸气的声音。尚德义的爹突然想起了什么，跪趴着凑到床边，一把抓住老爷子的手。他猜想，老爷子也许到死也在念着地底下的金条，于是带着孙男娣女们跪了一地，磕着头保证绝不动地里的主意。

“爹，您安心去吧，那金子我们不动，就放到地里陪着爷爷。”

见大哥这样说，几个儿子也跟着你一句我一句地保证，就让金子永远在地下。

在人们的哭号中，尚祥中枯瘦的手似乎摇晃了一下，他喉咙里呜咽了两声，像是说了句什么，而后手一松，便沉了下去。他的眼睛无神地微睁着没有闭上，一行眼泪顺着眼角流下来，枯瘦的脸依旧侧向窗外，似乎在等待着什么。村里经事的老人们说，尚祥中老爷子没有闭上眼睛，想来是对这一世仍有牵挂，怕是有未了的心愿，也有说大概是没看到想要见到的人。

大儿子伸出手，颤抖着在尚祥中的眼上一抚，给老人家合上了眼睛。但他自始至终没有想明白，老爷子咽气的时候到底说的是什么，听着似乎是“对”，又像是“为”。究竟，尚祥中临死前惦记的是不是金子的事情，再也无从得知。每个人的离去，都会带走一些与自己有关的事情，早晚有一天，随着所有人的离去，一个个完整的故事也将无所附着，尘归尘，土归土，从这个世界上消失掉。

尽管尚家人在尚祥中面前保证不去打金子的主意，但这世上哪有什么绝对的事情。

随着东湖开发的进程加快，尚德义家的坟地恰好在征地红线之内，搬迁补偿协议签订的时候，尚德义的爹专门找到了魏书记，跟村里说明了自家情况，要求迁坟的时候，务必要让尚家人在场，他们要把金子取出来。

村里觉得这是件大事，如实向建设开发办公室做了汇报。但当负责拆迁的欧工询问尚家人具体的黄金数量时，尚家人却都支支吾吾，毕竟除了已经过世的尚祥中，谁也不知道地里到底埋了多少黄金，只能晃个大数说有十几根金条。

一听到金条数量这么大，欧工也没了主意，虽说自从东湖周边征地拆迁工作开始，迁坟的事情做了不少，但一般都是家属请大了帮忙捡拾遗骨，就算是有陪葬的物件，本家也都能说得清清楚楚、明明白白，建开办只需要据实登记，再返还给他们就可以了。但这次，尚家的情况就显得有些特殊，家属也说不清具体有多少东西，不能笼统地都认定为随葬品，毕竟这地下河边的财产都需要经过认定才能确定归属。

欧工倒是反应很快，见自己拿不定主意，便联络了当时文化馆文物保护所的研究员老秦，请教专家这件事情该如何处理。老秦听到欧工讲了整件事情的来龙去脉，默不作声地思考了很久，却也拿不出个准确的定论。

“只要是有认领的坟地，挖出来的东西很大可能还是要归本家的，但也要分情况，如果只是金子倒还好说，当然，你也不能大包大揽，随便答应尚家人提出的要求。”

老秦给了欧工模棱两可的答复。总之，他觉得东西在土里面，也不知道是什么情况，一切都要等挖出来看过才能定性，现在就讨论地底下的东西归属，还是言之过早。

迁坟当日，公安、文物局、建设开发办公室、村队各方都派了人前来，看热闹的村民里三层外三层将现场周边围了个严严实实。毕竟，尚家坟地里埋了金子的风闻在村里传了几十年，现在到了揭晓真相的时候，好事的人都盼着能亲眼看一看。

事情越大，欧工觉得越应该小心谨慎，他特意喊来了科室里的小伙子王星，让他拿着照相机开启录像模式，将整个迁坟的过程全程录像。

“从开始动土，就一定要拍清楚了，不是非要看见金子才拍，从铁锹碰到地面的时刻就开始，把整个过程都要拍下来。”

欧工紧张得手心出汗，他再三叮嘱王星，不断确认他是否听清了自己的话。

吉时一到，尚家人请了村里料理白事的大了帮忙主持，先是燃香点蜡，向着先人的墓碑行了礼，说了一大串保佑后代子孙家业兴旺的吉祥话。待一切准备妥当，封土挖开，只看见棺材板早已散了架子，明晃晃的白骨摊在了土里，洗骨、拾金、移葬一连串的仪式都顺利有序地完成了。

但尚家人傻了眼。直到整个迁坟过程结束，他们也没有看到那传了多少年的大小黄鱼，真的是一根也没有，就连一颗小小的金珠也没有见到。

那传闻中的金条，就以这样一种近乎滑稽的方式宣告了终结，留下了挥之不去的神秘色彩，在人们的议论纷纷中再次变成一段新的传闻。

“金子埋在地下都会走的，得拴着红绳——”

“不不，得放在陶罐里——”

看热闹的村民虽然有些失望，但却不觉得意外。人们七嘴八舌地议论着，看完了热闹便各回各家了，就像冬日地里的麻雀，吃饱了成群地待在一起，叽叽喳喳好不喧闹，忽然一声响动，便四散飞走了。

尚德义的爹一宿没有合眼，他怎么想也想不明白那金子怎么会突然就没了。又急又气之下，一时急火攻心，病倒在床上，躺了半个月才勉强能够下地行动。

尚德义更是觉得委屈，金子埋在坟里多少都是个念想，全家都答应了爷爷不挖坟，不起金子，要不是村里动员征地拆迁，又怎么会好端端地去迁坟，如果不迁坟，金子怎么可能会丢。这也许就是报应，爷爷地下有灵对尚家人食言的一种惩罚，他开始胡思乱想了起来。

一连几天，尚德义总觉得金子的事情太过蹊跷，他越想越觉得窝火，便将怒气全撒到了负责征地的欧工身上，隔三岔五地就要到建设开发办公室闹上一通，拽着欧工要求赔偿金子。有时，他也会在建设开发办公室门口碰到高学明，他知道高学明是办公室的主任，便不再只要求赔偿金子，他要求重新签合同，增加征地拆迁的赔偿。

就这样一来二去，人们也熟悉了他的套路，最初会安排社会事业科的刘露科长接待，认真聆听他的诉求，再到后来他每次来办公室反映问题，便都是采取思想疏导的方法，让他发泄完情绪，就请他回家。

大概今天是楼下换了新的门卫不认识尚德义，以为他来办事便让他进了办公楼。事有凑巧，他本想找到高学明的办公室，却不想正碰到在楼道里溜达的欧工，两个人便你一言我一语拉扯了起来。

抽完第二根烟，看到刘露赶了过来，刘彬突然觉得无比轻松，他将尚德义的事情交给了刘露，又想起广场图纸的事情，刚刚轻松片刻的心又开始收紧了起来，跟刘露交代了几句，便赶忙跑回高学明那里。

敲开高学明办公室的门，刘彬看到欧工坐在高学明办公室里喝着茶，王金瑜正在向高学明汇报着广场设计的事情，一切都有条不紊地进行着，好像风风火火的只有他自己一个人。

见到刘彬进门，高学明忙招呼他坐下，一如既往地眯起眼睛微笑，好像什么事情也不会让他觉得迫在眉睫。

“刘科长现在是全能人才，干工程那是一把好手，做信访也驾轻就熟。”

高学明猜想刘彬已经处理好尚德义的事情才会赶来，便忍不住开了个玩笑。

“干脆让我替刘露干信访算了，省得干工程糟心。”

刘彬无奈地叹了口气，他觉得自己面前各种事情千头万绪，想起来就觉得上火，不由自主地说话调门儿高了一度。

高学明笑眯眯地看着刘彬，他知道，玛雅主题公园开业在即，东湖周边的项目配套必须如期交付，这些工作都压在刘彬一个人身上，压力可想而知，更何况现在还要将开业嘉年华的广场项目也一并交给他，还要保质保量完成，就算是钢铁打的人也会觉得力不从心，因此，对于刘彬的抱怨，高学明并不在意，他反而觉得刘彬向自己抱怨几声，把事情说开，也许是件好事。

“刚刚王姐跟我提了广场设计的事情，我觉得她说得有道理，如果真的能够设计出一个造型独特的广场来，我们的等待就是值得的。你想呀，这个广场不只是开业当天给玛雅主题公园使用，以后我们东湖的各项活动也会在那里举行，很可能这个地方就是未来的地标建筑呢。咱们就再等一天吧，毕竟磨刀不误砍柴工。”

高学明的一番话，直愣愣地传到了刘彬的耳朵里，他没有想到高学明连个缓冲的余地都没有留下，直接就拍板答应了王金瑜的要求。

“主任，我纠结的不是这一天的时间——”

虽然刘彬第一时间没有反应过来高学明提出的意见，但很快，他就连连摆手，摇头表示拒绝接受。

“建这个广场，本来就时间紧任务重，但您知道吗？最要紧的不是广场铺装，而是绿化，绿化设计出不来，排盐工程就没法开展，所有工序都得窝工等着。”

刘彬说得没有错，东湖地区本就是退海之地，土壤盐碱性很高，苗木栽植之前必须多一道排盐工序，如果设计院的绿化方案迟迟没有办法确定，那么排盐沟就无法开挖，排盐管更没法铺设，地下的部分做不完，地上的石材铺装也不可能展开，就像是互相勾连的一条锁链，这一整套施工工序不能够同时进行，必须按顺序完成。

现在高学明让刘彬等待图纸，但刘彬却感觉到，自己等待的不是一张图纸，而是千里之行的第一步。都说万事开头难，刘彬明确地知道，自己并不害怕困难的开头，而是害怕那种无措，因为无知而产生的无措，他甚至不知道这个开头到底在哪里。这样的等待，无论安置在谁的身上，都会觉得无奈而焦虑，他真的有些恼怒了，对高学明说话的语气也越发生硬起来。

“不知道整体设计方案，石材选购也无从下手，万一遇到石材紧缺的问题，一时没有合适的材料，那就前功尽弃。广场铺装，总不能用几块面包砖对付上。”

刘彬的心情就像是已经站在了百米跑道上，正等着发令员的一声枪响，可谁知发令枪没找到，只能蹲在一边耐心等着。这个耐心，或者说，这个压力现在都压在他一个人的身上了。

“时间太紧了，根本干不完，没有施工图，绿化就没法开展，广场铺装更是做不了，这不是多上几个人工就能解决的事情。”

刘彬这一连串连珠炮似的话语，把自己从接到广场建设任务开始积攒下来的所有焦虑都释放了出来，此刻他甚至感觉有些紧张，紧张到双手握在一起，止不住地搓着手。

“打断一下，主任，我还想再喝一杯。”

就在刘彬焦急等待高学明回话的当口儿，欧工突然站了起来，一双晶亮的小眼扫了扫刘彬，又瞧了瞧高学明，而后坏笑着跑到高学明的办公桌前，手里还端着高学明办公室里的白色瓷杯。他也不等高学明回话，直接抄起了茶壶，给自己的茶杯注满了茶水。

深红的茶汤在白色瓷杯里闪着金灿灿的光彩，就像一颗陈年的琥珀，古老而沉静，藏在杯中。热腾腾的水汽从杯沿向上涌出，在高学明的办公桌上缭绕四散，一阵混合了炭烧味道的茶香飘了出来，给本来紧张焦躁的空气注入了开阔而悠远的气息，以及一种若隐若现的韵味。屋子里的人都安静了下来，似乎所有的事情，都在这满屋茶香面前被搁置了下来。

“平时对茶水没有要求惯了，突然一喝好茶，觉着舍不得停下来。”

欧工噘起嘴，摇头晃脑地吹了吹瓷杯里的茶水，水太热，只能小口吸溜吸溜地咂摸着，但那声音听起来倒让人觉得他喝得有滋有味。

高学明笑着指了指欧工，像是想到了什么，回身从办公桌旁的柜子里拿出一个水杯大小的木头盒子，递到欧工面前。

“欧工真是有运气，这茶叶是我同学从武夷山寄来的，你要是喜欢喝，就都给你吧。”

欧工也不推辞，放下了茶杯，双手接过高学明递来的茶叶盒子，鉴宝一般左右端详。

“感谢领导，这茶叶真是好，连盒子都是木头的。”

“连喝茶，还带走，欧工这趟真是不白来呀。”

王金瑜看见欧工嬉皮笑脸的样子，忙不迭在旁边打趣说道。

刘彬再次觉得自己坐在那里有些尴尬，似乎这个办公室里只有他火急火燎的，每个人都悠闲地做着自己的事情。想到这里，他觉得有些恼怒，匆匆站起身，想要跟高学明告辞，尽快离开这里。

“你就是急脾气，坐下来，喝杯茶多好，连欧工都觉得我这里茶好。你没听过现在流行一句话吗——高手在民间，你刚刚说的那些问题，喝了茶，自有高手帮忙解决。”

高学明伸出手拦住了要起身离开的刘彬，说话的语气依旧慢悠悠的。

“还有顾问费呢。”

欧工举着茶叶盒子，在刘彬面前晃了晃。

“你有什么高招？”

刘彬知道，欧工向来头脑灵活，这一次高学明这么气定神闲地坐着，肯定是欧工给他出了好主意。

“那你也得给我顾问费，现在都知识经济了，我这是智力资源，最值钱的。”

欧工不忘吊一吊刘彬的胃口，故意绕弯子。

“哎呀，我这都着急上火好几天了，你就别绕弯子了。他不说，要不，主任你告诉我——”

“行了，我告诉你吧，既然广场工期这么紧，我们干脆就不做绿化工程了，你想呀，现在这天气这么热，根本就不适合移植苗木。就算退一万步说，真的把苗木从苗圃运来，新植苗木树冠都得修剪，一来减少水分蒸发，二来方便运输吊装，等到大树运来，一棵棵剪得光秃秃的，种在地上也不像个正经样子，开园仪式这么大的活动，媒体肯定希望拍出的照片好看呀。”

欧工见刘彬急不可待的样子，连忙将自己的想法讲给他听。

“不做绿化？这能行吗，就铺一个大平地？”

刘彬一脸疑惑，看了看欧工，又看了看高学明。

“没说不做绿化，是不做绿化工程，按照设计的要求，我们可以选择租赁，无论什么树形、树种都能够安置在广场上，甚至还可以安排高大新颖的热带植物进行装点，活动结束后再把它们运走，留下的位置等到合适的季节再进行栽种，这样做的话，活动时候的景观效果也达到了，广场建设的工期也能如期实现。”

欧工边说，边拿起高学明送给他的茶叶在刘彬眼前晃来晃去。

“怎么样，我这方法好吧？你就说值不值高主任的这笔顾问费。”

“租赁——租赁——”刘彬拍了拍脑袋，他对这神来之笔般的提议感到既激动又兴奋，一连重复了好几遍。这主意真是解了大伙儿的燃眉之急了，现在是北方的夏季，花卉公司苗木最全的时候，只要联系他们，设计需要的树种都能租赁来，关键是省去了栽种的所有环节。

“这样算下来，项目经费上是不是还能节省不少？”

刘彬看向王金瑜，看见她笑着点了点头。

王金瑜一边竖起大拇指给欧工点赞，一边遗憾这么好的主意自己怎么没想出来。

“这下新建广场便只剩下平整地形和石材铺装了，虽说工程量也不小，但按时完成应该没有什么问题了吧。”

高学明看了看王金瑜，又看了看欧工，最终目光锁定在刘彬身上，笑眯眯地问他。

“请主任放心，一定按时完成任务。”

刘彬如释重负一般拍了拍胸口，长长舒了一口气，语带调侃地向高学明保证。

最终，广场如期完工，并被命名为荷花广场。

谁也没有想到，设计师仅仅用了四天的时间便设计出了天马行空一般的广场造型，通过地形层次的变化和不同石材颜色的组合，广场完美地融合了东湖平湖万亩的特色，从空中俯瞰，恍若两朵并蒂而立的莲花盛开在水中。

因水生莲，荷花广场就这样在夏日里盛开于明镜般的湖面与蜿蜒盘旋的木质过山车之间，这浪漫的景象仿佛超脱于想象之外，却又存在于现实之中，甚至达到了一种诗歌方能营造出的意境。

并蒂之花开在了盛世，也开启了东湖发展的新篇章。正如期待的那样，在荷花广场举办的玛雅主题公园开园嘉年华活动被各大媒体纷纷报道后，东湖玛雅主题公园打响了知名度，许多慕名而来的游客都在此驻足观赏，荷花广场也顺势成为火出圈的拍照打卡地点。

当高学明站在冬雪过后的湖边，回想着五年前东湖建设场景的时候，他的手机铃声响起，屏幕上显示电话是分管党务的左书记打来的。

“高主任，提醒一下，今天有中心组学习。”

高学明从回忆中缓过神来，看了一眼时间，连忙答应着。

“一忙差点忘记了，感谢书记提醒，我现在马上赶回去，一定按时参加。”

挂掉电话，高学明匆匆离开了湖边。临走时，他不忘转头看了一眼神龟亭，石龟神态安然地微闭着眼睛，它似乎看了太久，岸边的一草一木、湖水的一涨一落早已烂熟于心，熟悉到东湖的一切都能与它联系在一起，紧紧地联系在一起。

第三章

程毅的三顾茅庐

自从高学明交代拜师古建筑保护队伍之后，刘彬便犯了难。他第一时间给文旅体局负责文物保护的干部老秦打去了电话，要说文物修复、文化遗产保护这方面，老秦绝对是区里甚至是市里响当当的行家里手，神龟亭的事情咨询老秦肯定没错。可是电话打通了多少次，老秦要么是在外出差，要么就是在市里开会，根本来不及详细询问，便只能匆匆结束通话。

老秦倒也不是故意躲着刘彬，实在是太忙。刘彬几次去文旅体局登门求教，都扑了空，一问之下，局里的同志告诉他，老秦手上有个大项目要跟进，他们也有一阵子没有看见老秦了。刘彬无奈，只能在建开办等着老秦联系自己，眼看日子一天天过去，马上就要春节了，春节过后就是正月十五元宵节，元宵节一过，年也就过去了，工地上的农民工就该陆续返程了，工人来了，天气也暖和了，土地解冻就能施工了，东湖路拓宽改造工程眼见着就要启动。

日子最禁不起盘算，算来算去，刘彬脊背发凉，感觉一眨眼就要开工了，他可不想就这么干耗着时间。思来想去，他决定去找个援兵。

“专业的东西我哪懂，你让欧工去吧，欧工迁坟的时候可没少跟老秦打交道。”

程毅看着坐在对面的刘彬，问明来意后，一口回绝了他并提了个新建议。

其实，程毅和老秦本来在工作上没有往来，但私下里两个人却是实打实的铁哥们，原因无他，两个人有个相同的兴趣爱好——钓鱼。

钓鱼这件事听上去就是个个人爱好，一人、一竿、一个小板凳，放上鱼饵，甩钩入水，全等着鱼儿自己游过来，钓鱼的人坐在那里看着水流缓缓而过，晒着太阳喝着热茶，一天的工夫也就在这恣意而悠闲的等待中消磨完了。忽然鱼漂上下一抖，就知道有鱼咬钩，抬竿，抄网，一不留神，鱼儿尾巴一甩，挣脱了鱼钩，钻进了水的深处，只留下渔网上滴滴答答往下落的水珠和钓鱼人懊恼的一声叹息。然后，拴上鱼线，放上鱼饵，再一次甩钩入水，继续等待。

“咬钩的鱼劲儿大，你得遛它，不能直接抄网。”

老秦是个老钓友，看到程毅钓不上来鱼，站在河边抓耳挠腮，便溜达过去，教他放线遛鱼。程毅也是个爱说爱笑的小伙子，见到老钓友自然多加请教，一来二去两个人便熟悉了，这周边可以钓鱼的地方不多，有了上鱼的水域两个人就互相分享，节假日更是会约着一起去海河边钓鱼。

让程毅去找老秦，请教神龟亭拆迁的事情最合适不过了，刘彬当然没有理会程毅的拒绝，站在他面前，不停地劝说。

“多少年不迁坟了，估计欧工都没有老秦的微信号，你们俩没事总去钓鱼，你跟他说说呗。”

“我也好久没看到他了，这大冬天的钓鱼，还得凿冰窟窿，太麻烦了，也不安全。”

程毅连连摇头，他想到前几天的冬捕节，自己打电话约老秦来看看热闹，顺便瞧瞧湖里几十斤的大鱼，老秦本来满心欢喜地答应，可到了活动的日子，却还是爽约了。

“哥，我跟你说，我联系他也费劲，你记得冬至那天咱们不是搞了个冬捕节吗，老秦都没来。”

“你倒是实在，谁让你真的约他钓鱼了，你帮我跟他约个时间，我这不是想要请教人家关于神龟亭的事情吗，那天高主任安排工作你也在场，不会忘了吧。”

刘彬撇了撇嘴，继续鼓动着程毅。

“嗨，你直接去文旅体局找他不就行了吗。”

程毅觉得刘彬绕了这么大的圈子，实在离题太远，便给他出主意。

“我找了，电话也打了，总见不到人，单位人也说他最近特别忙。”

刘彬说着敲了敲黑屏的手机屏幕，想要证明自己的确联系不到老秦。

“他要是这么忙，你能不能过些日子再找他呢，这数九寒天的，东湖路你也没法动工啊。”

程毅皱着眉，伸手摸了摸后脖颈子，歪头对刘彬说着。

“哎呀，老弟，话不是这么说，时间可经不起等，如果老秦那边给不了实打实的方案，咱们还得另想办法，开了春，农民工返程，咱们就得破土动工了。”

“行吧，我联系他试试，你就是干活儿太着急。”

听刘彬这么说，程毅觉得的确有道理，他便拿起手机，翻出老秦的手机号拨了过去。谁知，手机那边电话拨通之后，“嘟嘟”响了两声，便被挂断了，只剩下手机听筒里“您所拨打的电话暂时无法接通”的提示音。

“你看，我没说错吧，他最近就是很忙，我找他也费劲。他们局的人都神龙见首不见尾，尤其到了年根儿底下，更是找不到人，不是去开会，就是去搞文艺演出了。”

程毅将还在“嘟嘟”响着忙音的手机递到刘彬面前，却突然看见手机屏幕一亮，短信提示音响起，他连忙点开提示，手机上显示着一条老秦刚刚发来的短信——

“程毅老弟，散会后回电。”

“你看吧，我就说他们年底很忙，咱们等会儿吧，他散了会回电话。”

程毅收起了手机。

刘彬双手抱拳，向程毅道了谢，转身准备离开。

“你别走呀，一会儿老秦来电话，我说什么呀。”

程毅伸手拦住了刘彬，念叨着。

刘彬想了想，觉得既然老秦这么忙，还是长话短说，干脆就直接介绍施工队伍给他，他自己再咨询专业队伍神龟亭拆迁的事情就行，他转头叮嘱程毅。

“你就让老秦介绍个干过古建筑的施工队伍就行，具体的业务内容我到时候问施工队。”

“哎呀，我让他跟你联系吧。”

程毅觉得为难，专业的事情他怕老秦说了自己也转述不清楚。

“我问你，你今天晚上值班对吧？”

刘彬并不理会程毅的话，向他摆了摆手，突然又想起件事情，向程毅确认着。

程毅点了点头。

“你刘姐今天晚上包了饺子，我给你送来，你晚上就别去食堂吃饭了。”

也不等程毅回应，刘彬说完话，便转身离开了。临出门口，他似乎隐隐约约听见程毅嘟囔了一句什么，但没有听清。

刘彬走后，程毅待在办公室里，随时等着手机铃声响起，整个下午都在记挂着神龟亭的事情，时不时打开手机屏幕看看有没有未接来电，生怕错过老秦的电话。谁承想，程毅的手机一下午响个不停，电话走马灯一样打来，就是没有一个是老秦打来的。

下班后，刘彬送来了刘露包的饺子，韭菜三鲜馅儿的水饺，一个个圆圆胖胖的，冒着热腾腾的蒸气，煞是可爱。

程毅拉着刘彬坐下来一起吃。

“你刘姐等着我回家呢，她知道你爱吃她包的饺子，要不是你今天值班，就让你去我们家吃了，自己快吃吧，趁热乎。”

刘彬伸手把程毅摁在椅子上坐好，向他摆了摆手，又急匆匆走了。程毅知道，这是刘彬怕刘露在家等着急了，赶着回家两个人一起煮饺子吃呢。

刘彬和刘露这对神仙眷侣是东湖的模范夫妻，他们大学时相恋，两口子互相陪伴着从青年走到中年，迎接人生中的风风雨雨，也收获生活里的甜甜蜜蜜。大学毕业时，刘露按照户口归属，要分到户籍所在地的单位报到，而刘彬因为是学生干部，再加上成绩优秀，已经确定分配到市里的机关单位上班。两个人商量好，等刘彬的工作稳定后，就把刘露往市里的单位调动。谁知，报到证还没拿到，刘彬却改了主意，他主动找到系里，把市级机关单位上班的机会给了别人，条件就是想要和刘露一起分到区里的同一个单位。系主任对刘彬的决定很是不解，费尽口舌劝说，但刘彬就是铁了心拒绝，最后考虑尊重个人意愿，刘彬和刘露两个人如愿分到了区水务局。

随后，区里有了东湖区域开发的计划，组建了东湖建设开发办公室，通过人事编制调动，为办公室配齐了精兵强将，刘彬是区领导亲自点名调到东湖的人，用他自己的话来说，就是去东湖当“拓荒牛”，这时的刘露就如同毕业等待分配的刘彬一样，放弃了即将提任正科的机会，向组织部申请，随着刘彬一起调到了东湖建设开发办公室，两个人在同一天来到了这片有湖的地方，算是东湖开发建设元老级的人物了。

后来，欧工打趣地问刘彬为什么放弃了分到市直单位的机会，来到当时穷乡僻壤一般的郊县。刘彬非常自然地回答，他就想每天都能看到刘露。这话一来二去传到了刘露耳朵里，她也不说什么，红着脸笑个没完没了。

也许，这片大湖之地尤为滋养爱情，就算岁月落下鬓边白霜，两湖沿岸也都是他们年华中滚烫的印记，松针上白雪依依，落地生根的不只房产屋舍，还有那依旧沸腾如壮年的热血。两个人，就这样相依相伴着，抓紧对方那握桨之手，在岁月的长河里静静渡着。

程毅回想着关于刘彬夫妻的一段佳话，低头看向刘彬送来的饺子，饭盒里白胖的饺子挤到了一起，热气腾腾地熏着他的眼睛，他感到心里暖暖烘烘的。

他伸手捏了个饺子放进嘴里，又拿起手机，再次拨通了老秦的电话号码，这一次，电话响了一声，便接通了。

"哥哥，够忙的，打电话都找不到你。"

程毅嬉皮笑脸地跟老秦寒暄着，电话那头静悄悄的，只传来老秦的声音。

"抱歉哈，老弟，最近比较忙，对了，你找我有什么事呀？"

"嗨，你这么忙，我就跟你长话短说，就是我们东湖的事情，东湖路准备拓宽改造了，想问问神龟亭的事情。"

程毅赶忙向老秦做了说明。

“哦哦，我知道，你们那里有个姓刘的同志也找过我了，你看这样行吗，我明后天给你回电话，我现在在外地，得赶着给领导写明天一早的交流材料。”

正说着话，老秦的手机嘟嘟地响着，有个电话正在打进来。

“好的老哥，你先忙，我等你消息，你可别忘了。”

程毅又一次无功而返，悻悻地挂断了电话，心里有些不痛快，不知道老秦是真的那么忙，还是故意推托，但毕竟有事相求，他也不好再说什么，只能耐心地等着老秦的回电。

几天后，程毅在报纸上看到了区里首次发现唐代遗址的新闻，整整一个版面的报道，详细说明了这次唐代遗址发掘的过程，左下角一张照片上，老秦正带着一众专家站在挖掘现场的作业面上，指指点点像在讲着什么。从照片上看，老秦瘦了一大圈，但精神头依旧饱满，程毅一下子就明白了这些天老秦忙到不见人影的原因，原来是进行遗址认定和遗址保护这件大事。

现在一切似乎尘埃落定，老秦那边应该也闲下来了吧，程毅心里盘算着，于是他决定再主动给老秦打一个电话。

老秦很快就接通了电话，这一次，他明显没有忙忙碌碌地想要挂掉电话，相反，他开始语带春风地向程毅聊起了唐代遗址的发掘过程。

“不容易呀，不容易呀，我这辈子就算只干这一件事情，也是值得的。”

老秦向程毅连说了两个不容易，但话语里满是骄傲和得意。

“要知道，这次唐代遗址的发现，填补了全市的空白，把我们区有人类活动的证明向前推进了几百年呢，这是考古界的大事件呀。”

“哥，你别忘了，咱们区不只有唐代的遗址，咱们还有北宋遗迹呢，我这些日子打电话给你，就是想问问神龟亭的事情，你可不能有了唐代遗址，就把北宋的放在一边了。”

程毅顺着老秦的话，赶紧提起了神龟亭拆迁这件正事。

“哦对，你的事情我想着了，我的意见是没必要找专业的队伍，找个能做仿古建筑的队伍就行，一般的施工队都认识干这活儿的，你们要是找不到我给你们介绍。”

老秦的语速越来越快，听上去像是对程毅这边大费周章地拆一个亭子颇为不解。

“不能这么说呀，我们的神龟亭那也是民国时候的建筑呀，东湖建开办想请个专门做古建筑的专业队伍，在尽量不破坏神龟亭的结构这个前提下，对神龟亭进行平移。你认识的人多，给介绍个专业队伍吧。”

程毅再次表明了他的态度，又怕老秦敷衍，便耐着性子向他解释着。

“程毅老弟，你知不知道，古建筑修复这件事情成本非常高。当然，退一万步来说，就算你们东湖建开办可以支撑进行古建筑修复重建的资金成本，但是，你说的神龟亭也根本不是古建筑呀，为什么要对近代的建筑采取古建筑修复的方式重建呢，这个理由不论是你，还是你们单位的刘同志都没有给出来。我猜测，这完全就是你们一拍脑袋想出来了，根本就没有任何认定、论证的流程。”

电话另一头，老秦点了一根烟，猛地吸了一口。

“谁说我们的神龟亭是近代的建筑，神龟亭是古建筑。”

借着老秦抽烟的空当，程毅争辩了一句。

“文物界对古建筑的界定是清朝以前。”

老秦边抽烟边讲电话，由于说话太快，被香烟呛得咳嗽了几声。

“东湖的神龟亭我也去考察过好几次了，说是民国建成的都有些牵强，你们自己也可以去周边打听一下，根本就是一九四几年之后重建的了。”

“就算不是古建筑，那也是文物建筑了，那亭子里的石龟和石碑都是北宋的，石头不会说假话吧，北宋的文物，这可是你们鉴定过的。”

听到老秦对神龟亭的评价，程毅本能地有些不忿，声音也高了几度。

“文物部门做的是测年断代，神龟亭里面的石龟以及石碑，保守估计是北宋的遗物，但是我也得纠正你一下，国家的《文物保护法》中有纪念建筑物或者古建筑一说，可没有你说的文物建筑这个词。”

老秦对自己的专业水平相当自信，说到了专业知识，本来飞快的语速开始变得一板一眼，就像是在给学生授课一样。

一说到专业知识，程毅心里明白自己肯定没有老秦有见地，但是他觉得掰扯这些细节并不能解决神龟亭面临的实际问题，便又决定改变策略，先软磨硬泡帮刘彬把施工队伍找到再说。于是，他软下声音，好言好语地向老秦诉苦。

“老哥，要说文物保护这方面您肯定是行家，唐代的遗址你都能开展保护，对神龟亭这个建筑你肯定是有办法的，东湖建开办是真心想请你指教一二。你也说了，神龟亭里的石龟是北宋年间的，我们建开办还是想本着文物保护的出发点，拜师请教专业的队伍，确保神龟亭平移之后还能保持原样不变。我在这里跟你说句实话，这神龟亭立在东湖边多少年了，周边村队那么多老百姓都看着呢，不能说拆就给它拆了，这事情肯定涉及舆情，也关系着老百姓对神龟亭的感情，所以我们这次东湖路道路拓宽改造，对神龟亭的处置真的是慎之又慎。”

老秦在电话里叹了口气，对于程毅死缠烂打的要求，他也觉得很是无奈，但毕竟文物古迹认定和保护这件事情本就专业，外行人不明白也是可以理解的，于是他再一次耐心地给程毅解释了起来。

“老弟，我明白你的心情，你前后三次给我打电话，你们刘科长找我的次数更多，我完全能够理解你们舍不得神龟亭拆除的心理，但是在我们这边看来，需要保护的建筑要么是有历史价值的，要么是有艺术价值的，甚至是可以有科学价值的，这些建筑需要时代特征典型，或者是地域特征典型，说白了，应该是有保护的价值才要去保护，你自己想一想，神龟亭到底跟哪个价值沾边。文保所就是做文物保护的，如果神龟亭真是这样的古建筑，不用你们联系我，我们这边肯定会主动联系相关单位进行评估迁移的。”

老秦听到程毅在电话那边重重叹了口气，没有说话，电话里异常安静，他又怕程毅失望，不忘找补了一句。

“程毅老弟，你想想，你们要在时间成本、资金成本上好好算账，单凭自己的心理感情是不行的，现在仿古建筑的施工水平也是相当高的，肯定能重建得和原来几乎一样，现在你们在这里钻什么牛角尖?”

“我们没钻牛角尖，就是想着要是能把神龟亭保护起来不拆掉最好，毕竟这也是一种念想。”

程毅争辩了一句。

“神龟亭并不是第一次重修，可不论哪一次重修，不都是把石龟石碑挪到别处，工人们在原址重建亭子吗，你想想，难道北宋年间建的亭子叫神龟亭，一九四几年建的亭子就不叫神龟亭了吗？你们现在说要保护的那个亭子，不就是一九四几年的时候新建的吗？你想想，你们这一帮人现在不是在钻牛角尖是在干什么。”

想想、想想、想想，老秦电话里一连串的“想想”的发问，倒是让程毅陷入了沉思，若说历史价值，神龟亭应该也不算没有吧。他想起自己初见青青的那天，发生的那件牵涉某件事物历史价值的糗事。

那一年，程毅也是在一场大雪降临之后来到东湖建设开发办公室的。那时候，建开办人员队伍不像现在这样壮大，十几个人的单位突然来了个新人，大家自然好奇地围拢在程毅身边问长问短。

“会开车吗？”

“有对象没？”

“属什么的？”

程毅被大家一连串热情到近乎琐碎的关心问蒙了，眼睛不时看着向他搭话的人，脑袋随着问话飘来的方向左右摇摆着。

“哎呀，我问你，你是怎么来的？”

见大家你一言我一语问得程毅不知道先回答哪个人，欧工站起身把程毅拉到自己跟前，跟他搭话。

程毅满脸新奇地看着问话的欧工，见他细长的眼睛，白净的皮肤，并不像北方人那般孔武有力，说话声音也是轻飘飘的。毕竟初来乍到，程毅还有些拘谨，但仍旧不忘回给欧工一个勉强挤出的微笑，以便令自己接下来的回答显得更有礼貌。

“我坐公交车，然后转班车。”

“那得几点就出家门呀？”

一听程毅上班路途这么折腾，欧工不禁咂了咂嘴，给他出了个主意。

“不如在这附近租个房子，上下班多方便。你别看东湖这边偏远，但是房子都是新盖的，也不贵，咱单位好多人都住在这边，省得上下班路上折腾，现在天气这么冷，早上哪里起得来呀。”

“先这样一段时间再看看吧，实在折腾我就租房子。”

程毅又勉强挤出了一个微笑，其实，他也不知道这所谓的一段时间到底需要如何衡量，他的心里充满了绝望。

当然，并不是因为欧工的问话才让程毅感到绝望，这种绝望是从自己坐上公交车那一刻开始的，然后随着公交车逐渐远离熟悉的城市中心，眼见着周边的景色从高楼大厦变成低矮平房，再到荒凉的空地，这种发自内心的绝望一点一点积累起来，逐渐到了难以言说的极限。程毅也说不清为什么会感到这样绝望，如果一定要给这绝望找到理由，那也许就是理想中的旅游度假区与现实中的未开发荒地之间的差距吧，他怎么也想不到，自己今后会在这样荒远的地方工作，面对除了湖水什么也没有的一块地方。毫不夸张地说，当时，程毅想到了充军发配的林冲，只是大雪之夜这里没有山神庙罢了。

欧工显然没有看出程毅的心思，只当他的沉默是对新环境的不适应，便开始热络地给他介绍起周围看热闹的同事。随着欧工的介绍，程毅像走马灯一样，向每个人点头问好，但对于新同事，能将相貌和名字匹配上并记下来的，依然寥寥无几，有些人事也只能慢慢熟悉。

“那是青青，她比你早来半年，人称‘赤土一枝花’呢。”

欧工一边指着站在不远处忽闪着大眼睛的姑娘，一边弯下腰从饮水机里接了一杯热水，低头用嘴吹着热气，小口小口咂摸着。

“欧工真是没正形。”

青青虽然个子不高，但声音响亮，白皙的皮肤在日光灯下闪着光，见欧工正在介绍自己，便大大方方走到了两人跟前。

“赤土？”

程毅第一次听到这个名字，脑子里闪现了很多词语的组合，但依旧不明就里，眼巴巴看着欧工。

“赤土是东湖周边的一个地名，东湖大了去了，周边的村子很多，还有永和、贯庄、山岭子什么的，这都是村名，你现在不知道没有关系，过会儿我闲下来，开车带你溜达一圈，时间长了你就熟悉了。”

可能是饮水机的水太热，欧工被烫得龇牙咧嘴，不停地吐着舌头吸气。

“该，让你拿我寻开心，就得让热水烫烫你的舌头。”

青青夹了欧工一眼，便转头大咧咧地看着程毅，给他解释。

“赤土是我们村的名字，赤就是红，土就是土地，赤土就是红的土地。”

程毅“哦”了一声，觉得这个村名很新奇。

“杨家将知道吗，杨七郎在赤土打仗，然后也不知道怎么就受了伤，一口血吐在地上，血把地染红了，所以就叫赤土了。”

青青的言语里充满了骄傲，一瞬间，便到了横刀立马的古战场，喊声阵阵，旌旗招展，杨七郎刚刚打马而过，卷起一阵陈年的烟。这一段杨家将保家卫国的故事，从北宋中叶传于天下，一直到今时今日仍旧被人们口口相传。这尽人皆知的故事时刻闪耀着荣耀之光，不论说的人、听的人，都会因此而披挂上金灿灿的包浆。

历史仿佛并不只存在于简牍之中，那些忠臣孝子、百战骁将只在画像中被塑成图腾、被膜拜、被传颂，却离每个人的生活都太遥远。因此，人们对传说中那些折戟沉沙的悲剧英雄更加充满了同情与亲近，仿佛那些活在口耳相传中的人，就在自己的身边，与他们有着相同的悲欢、相同的喜乐。

噗——

程毅竟然笑了，在青青与欧工的注视下，笑了出来。这笑声很短，短到他的嘴方一咧开做出笑的表情时，便已经意识到了自己的失礼，他连忙清了清嗓子作为掩饰，然而就算是这样短暂的笑也被青青捕捉到了。青青瞬间感觉到了程毅笑容中的不屑与轻视，就像是在滚烫的热铁中投入了一块坚冰，立时便会留下刺眼而丑陋的疤痕。青青忽闪的眼神瞬间凝固，而后变得异常冷漠，她抻了抻嘴角要说什么，却生生把话咽了下去，转身走开了，只留给程毅一个漠然的背影，仿佛是无声的责难。

程毅对天发誓，他自己也不知道为什么会笑，也许是初来乍到的水土不服，也许是在这远离城市的偏远之地，听到的传说会被自动打上天方夜谭的标签，又或许是无法将杨家将的一众将士与面前建设开发办公室的同事们联系到一起，可能有太多的原因，让他在那个时候笑了出来，也可能什么原因都不是，他的笑也许真的发自内心，源于自己对这片生疏土地的一种轻视。

关于自己为什么会在听到关于杨家将的传说之后笑了出来这个问题，程毅想了很多年，但除了后悔与羞愧，实在想不出什么其他原因。其实仔细想来，人不都是这样吗，在某一瞬间做出自己永远无法解释的行为，在之后的岁月里，永久地沉浸于对该行为的自责之中。

然而，青青却无法原谅程毅，她认为这样的嘲笑来自一个外来人，或是一个闯入者的优越感，从那以后相当长的时间里，每次看到程毅，她都是远远避开。尽管程毅第一时间就认识到了自己的失礼，每次见到青青都是笑脸相迎近于讨好，她也依然不为所动，眼底仍旧存留着不谅解的冷漠。

程毅和老秦的通话还在继续着，他将赤土村和杨家将的故事讲给了老秦。

“你知道赤土村吧，当年辽宋战场，杨七郎在赤土受了伤，一口血吐在地上，血把地染红了，赤土村的村名就是这样得来的，这都是有记载的，怎么能说没有历史价值?”

“你那不是历史，历史是要有传承记载的，我也查找过，你说的那个杨七郎的故事只记载在村志里面，当然如果你是个作家你可以像写《三国演义》一样，编一本小说，可以叫《赤土村演义》或者什么别的名字，但文物保护这边不能把那些稗官野史当作历史认定。”

老秦斩钉截铁地否决了程毅的设想。

“老哥，就算兄弟拜托你了，你给我个联系方式吧，我们自己联系队伍，不能因为你对神龟亭的认定，就否定我们前前后后所做的工作。”

程毅决定不再和老秦纠缠，毕竟要不要对神龟亭进行保护还要和东湖建设开发办公室的领导们商量，不能单凭电话里老秦的各种否定就直接把神龟亭拆了。

“这事情咱们哥儿俩也做不了主，还要汇报给领导，让领导们商量，你把电话给我就行，至于最后到底要不要拆掉神龟亭重建，这是后话。”

终于，在程毅软磨硬泡之下，老秦真的给了程毅两家从事古建筑修复的队伍的联系方式，但他仍旧不放心地嘱咐程毅。

“你有什么事自己联系施工队伍吧。但是有件事情我得跟你说明白，你们自己联系，与我无关，我只是给了你队伍的联系方式，至于要不要用、用什么方式施工这都是你们建开办的事情，与我、与我们单位都没有任何关系，只是你私人找到我要到了联系方式。”

“明白，明白，周末咱们哥儿俩去钓鱼，我又弄来个新竿，手感特别好。”程毅目的达成，心情也跟着好了起来，连忙想起钓鱼的事情。

“不行，我去不了呀，都快忙死了，春节前这两周，我都在市档案馆，市里最近准备解密一批机要交通战线档案，我被抽调过去帮忙，一边干着借调的事情，一边穿插着还要跟专家们对唐代遗址进行研究。”

“哎，理解，理解，咱们都是基层打工人呀，一年到头没有闲下来的时候，那老哥你要注意身体，别太累了，我看报纸感觉你都瘦了一圈。”

程毅和老秦又寒暄了几句便挂掉了电话，拿到古建筑修复队伍的联系电话，他感觉心里总算踏实了许多，连忙把号码微信发给了刘彬。

他低头看了看还冒着热气的饺子，大口大口地吃了起来，一边吃饺子，一边想着春节之后的东湖路改造，仿佛看见了春暖花开的时候，工人们用绿色隔挡围住了现场，小心翼翼地标记着神龟亭的石柱子。

第二天，刘彬拿着程毅给他的联系方式先行联系了两个施工队伍，了解了大致情况和施工工序。很快，他便带着两套施工方案找到王金瑜，想和她商量如何能够将神龟亭修复的工程量计入整体工程量清单。

“不行，工程审计过不去，这是违规拆包。”

王金瑜直接拒绝了刘彬的提议。

正当刘彬站在王金瑜的办公桌前，憧憬着春节后东湖路项目开工那热火朝天的施工场景时，王金瑜的话像是一盆冷水泼下来，刘彬心里感觉凉飕飕的，他几乎打了一个激灵。都说创业未半而中道崩殂，刘彬感觉自己像是筋疲力尽地跑了一场马拉松，临到终点，却看不见迎接着的标志带，然后有人告诉他，比赛取消了，一种愤怒和挫败感油然而生，他脑子里嗡嗡响个不停。

“彬子，你看看这两份施工方案，很明显，古建筑修复工程造价太高，神龟亭搬迁的费用是要计入东湖路拓宽改造二类费事项里的，这笔钱结算的时候摊不进去，或者说，没有人敢把它算进去，这是违规的行为。”

刘彬耳朵里充斥着王金瑜的劝说，但是他却一点反驳的想法都没有，只是食指指甲一下一下刮着放在桌上的那本施工方案的封面，漫无目的地在封面细密的花纹上打着圈圈。

他突然发现，自己不仅仅是被愤怒和挫败感击中了，令他不解的是，这充斥着他脑海的愤怒中，竟然还夹杂着一丝委屈，就是这种委屈导致他失去了在王金瑜面前据理力争的劲头。默默地听着王金瑜把话说完，然后漫无目的地离开了她的办公室。

刘彬思来想去，觉得这事情还是要找高学明汇报一下，毕竟，寻找古建筑保护队伍的想法是他提出来的。想到这里，他忙不迭地跑到高学明办公室，谁想到更令他挫败的是自己竟然扑了个空，高学明并不在办公室。他赶忙给程毅打了个电话，原来此刻，高学明正带着刘露和程毅在玛雅主题公园的演出中心观看社区节目彩排。

随着区域开发建设日趋成熟，那些宛如明珠一般，曾经散落在东湖周边的各个自然村落，几乎都完成了城市化改造，通过宅基地换房、货币补偿安置等方式，那些原本住在村子里的村民大部分都搬到了统一建设的新市镇中，从村民变为居民，人们虽然住进了电梯洋房，但那根深蒂固的乡土思维却仍然在人与人、户与户之间活跃着。

新市镇的社区服务中心已然成为新的“村大队”，每当太阳晒在社区服务中心的院墙上，三三五五的居民们便会带着自己的马扎儿、板凳，聚在墙根聊着东家长西家短的新鲜事，这是每天的聚会，像是日日都会上演的节目，人们的日子就在这热火朝天的欢聚中，如水一般流过。

刘露负责的社会事业科正是在整合新市镇周边各个社区服务中心的基础上组建的，组织社区开展各种文化体育活动。每年春节，社会事业科都会联系东湖周边几个社区的文艺队伍编排节目，选送参加全国社区网络春晚展播。

“社区网络春晚就是居民们自己组织的节目，成本低，制作简单，是社区居民们最喜闻乐见的一种活动形式，大家从‘看春晚’，变为‘演春晚’，活动参与的积极性非常高，特别是我们东湖社区选送的节目在去年的展播中取得了优秀奖的好成绩。”

每每提到组织社区文艺队参加全国社区网络春晚，刘露总是自豪地介绍起网络春晚的来历，尤其是去年的开场舞获得了展播的优秀奖，更是令社会事业科全体人员无比振奋，大家伙斗志昂扬，早早便开始准备起今年的节目，盼望着这次能更上一层楼，捧个大奖回来。

“今年一共准备了七个节目，都是各个社区自己的群众艺术队伍报名参加的，有的队伍刚从今年参加区里端午文艺晚会回来，就开始准备这次春晚，热情非常高，也确实挺不容易的。”

站在玛雅主题公园演出中心的现场，刘露给高学明介绍着今年网络春晚的准备情况。临近最终录制，刘露依旧借用了主题公园的演出场地，主要还是考虑演出中心配备着专业的音响灯光设备，希望能够在舞美音效这些硬件上做好保障，为选送的社区节目增加展演中的竞争力。

舞台之上，演员们身姿优美，领舞者从容舒展，一束光柱随她而动，像是在仰望，又像是在向往，每一个舞步仿佛都催发着生机，蓬勃而充满着活力。随着光影变幻，整个舞台瞬间被演员们向上的生机点燃了，就连在一旁观看演出的工作人员也忍不住鼓起掌来。

“领导不要只说好看，一定要多提宝贵意见。”

刘露不忘叮嘱高学明，特意请他和程毅来观看彩排，为的就是能够让节目有更多不同角度的点评。

此时，领舞身后，群舞们步伐轻盈，飞舞散漫，仿佛一排缀满花苞的墙，随着如风的音乐，跳跃着绽开了，仿佛一幅优美的油画铺展在演艺中心的舞台之上，时间也在这绽放的瞬间停滞了，只剩下还未结束的悠扬乐声，带动着观众们的一颗颗心怦怦跳动。

开场舞结束，后面的合唱队步伐整齐地走上舞台中央，准备开始下一个节目。

刘露站在台下，双手环肩，微微皱起了眉头。她总觉得今年的开场舞蹈优美有余，而新意不足，似乎和去年参加展播的获奖节目相差不多，有一种墨守成规般的拘谨。

“今年的舞美跟往年不一样，真是气派呀。”

看完了舞蹈队演出的开场舞《盛世花开 · 绽放》，程毅趁着合唱队调音的空隙，站在一旁跟刘露小声议论着。

“听他们副总说，今年玛雅主题公园举办了几个大型活动，游客比去年涨了两成，公园运营方赚了钱，就开始提升演出的硬件水平了，应该是为春节活动做准备呢。”

刘露同样觉得今年的舞美效果非常好，听程毅这样说，便笑着给程毅解释。

“对对，他们今年扩建了二期水世界公园，夏天的时候，那真是一票难求，刘姐，我也打算放暑假带孩子来玩。”

听到刘露介绍玛雅主题公园的大型活动，程毅连忙趁热打铁，一脸坏笑地看着刘露，目光中充满了期待。

刘露点了点头，用微笑回应着程毅。

“到暑假的时候再说，要是真的买不到票，我肯定会帮你问问。”

“那我就先谢谢刘姐了，暑假里，玛雅主题公园的门票真的是一票难求呀。”

程毅说的“一票难求”其实真的没有夸张。随着这几年公园知名度逐步打响，特别是公园运营方在每个假期都会举办各种嘉年华活动以招揽游客，玛雅主题公园现在已经成为周边众多省市游客出行的热门地区。在公园的停车场，外埠牌照的汽车随处可见，一辆辆旅游大巴车更是载来了络绎不绝的旅游团游客。周边自驾游的游客找不到停车位，便会随便把车停到道路两侧，高峰时期堵车便成了家常便饭。为了解决玛雅主题公园周边停车难题，保障湖区内道路的正常通行，东湖建设开发办公室甚至动员了公园周边的几家企业开放停车位，供来到玛雅主题公园的游客临时停车。

今年，玛雅主题公园进行了扩建，新增了二期水上游乐项目，又推出了“三人同行、一人免单”的促销活动，一时间游客量出现了前所未有的暴涨，但是景区接待容量毕竟有限，为了安全起见，主题公园每日都会采取网上预约的方式进行限流，在暑期旺季，甚至出现了预约开始后几千张门票在一分钟内便被约满的夸张情况，也就是程毅所说的一票难求。

虽然东湖建设开发办公室离玛雅主题公园不远，又是东湖区域的建设管理单位，但就算是办公室自己的职工，在暑期也抢不到玛雅主题公园的预约票。好在办法总比困难多，负责公园运营的副总是刘露多年好友，两人又是高中同学，那些想带着孩子来公园玩却预约不到票的同事，便会想着找刘露帮忙，从她朋友那里要过来几个名额，毕竟，运营公司手上都会存着一些名额以备接待使用。

刘露本来就是个热心肠，觉得都是同事，带着孩子是为了玩得开心，如果没有进到公园里，岂不是扫兴？所以只要是能帮忙打招呼的，她都会帮忙。刘露的同学也觉得预约的名额反正每天也不会都约满，能多一个游客，还能给公园带来实打实的收益，因此每次刘露找她帮忙，她都会爽快答应。

眼见预约暑期门票的心愿达成，程毅向刘露连声道谢，又忽然想到了一件事，连忙向刘露打听了起来。

“刘姐，一说到孩子的事情，我倒是想起来一件事，青青生了吗？”

“生了，我前天刚给她打过电话，听着觉得她状态不错，正在慢慢恢复着。”

刘露的声音里没有多少对于青青新生得子的喜悦之情，反倒是充满了掩藏不住的担忧。

程毅点了点头，小声叹了口气，当作对刘露的回应。

“我那天还跟欧工商量，等青青出了满月，我们几个男同事再去看她，现在还在月子里，去了怕人家不方便。”

“你们先别去了，我听她说，出了满月就得去做手术，后面可能还有几期化疗。”

风雪如山，压垮的都是荷重之人。

想到青青，刘露觉得老人们常说的那句“麻绳专挑细处断，厄运只找苦命人”似乎道尽了人世沧桑的玄机，越是寒窑凄苦，越是给他颠沛流离，那些咬着牙努力活着的人，似乎总是处在需要咬牙努力才能活下去的境地。

青青的丈夫是空军地勤，她在同学的撮合下嫁给了一名军人，成为一名光荣的军嫂。随着部队换防，青青的丈夫所在驻地离家越来越远，两人虽然感情甜蜜，但也不得不接受长年分隔两地的现实。天有不测风云，青青的公公去早市买菜回来，被一辆电动自行车从身后挂倒，骑电动车的小伙儿慌忙把人扶起来，连声赔不是，老爷子抻抻胳膊伸伸腿，觉得没有什么大碍，便叮嘱要小心骑车，让小伙子离开了。

回到家里，老爷子像平日一样洗菜做饭，只是老觉得头昏昏沉沉，想打瞌睡，于是中午吃过饭便躺在床上午睡，谁知道，这一睡就直接睡到了ICU（重症加强护理病房），医生诊断是永久性丧失脑部活动，也就是脑死亡，只能依靠人工手段维持呼吸和心脏跳动，叮嘱家属做好心理准备。

婆婆听到消息立时就昏死过去了，大夫们连忙赶来急救，谁知，本是做个简单检查，却诊断出婆婆患有严重的心脏病，必须立即住院手术，丈夫远在外地帮不上忙，青青一个人扛起了所有事情，照顾手术住院的婆婆，筹集公公每日的高额治疗费用，那段日子，她整日奔波，脸颊蜡黄，瘦得只剩一把骨头，可仍旧咬着牙坚持。后来，一直住在ICU的公公发生了多器官衰竭，为让执行封闭任务的丈夫能够见到公公最后一面，青青请主治医生想尽办法维持公公的生命体征，昂贵的设备仪器和天价的自费药物让老人的心脏一直坚持跳动了半个多月，但实在是天不遂人愿，老人在儿子从外地回来的前一天晚上抱憾而终，父子俩连最后一面也没能见到，只留下一具冰冷的尸首，以及为了治病而欠下的高额债务。

“什么都能等，还钱的事不能等，大家伙儿在咱们困难的时候伸出手来帮了一把，这个人情最难还。”

料理完公公的后事，青青不顾丈夫的劝阻，卖掉了两人的婚房，将欠款一一还清，自己则搬到了婆婆的家，她觉得婆婆心脏不好，身边不能离开照顾的人，自己和婆婆住在一起，老人家也有个陪伴。一直到了去年，丈夫的转业申请终于被批准，调到了市里离家很近的单位，这才为青青减轻了照顾家庭的负担，小两口的日子也逐渐过出了滋味。

就在此时，青青发现自己怀孕了，两口之家即将变为三口之家，苦尽甘来的两口子都沉浸在巨大的喜悦之中，那阵子，丈夫简直把青青宠上了天，包揽了所有家务，每天变着花样给青青做美食，就连做产检，他怕青青一个人去没有照应，都是请假陪着一起去的，两个人恨不得时刻都黏在一起。这样甜蜜而幸福的日子却在青青怀孕第五个月的时候戛然而止，青青被检查出了乳腺癌。万幸的是，发现得及时，肿瘤还在二期，按照现行的病例来看，手术后化疗康复的概率很高。

青青哪里舍得这个孩子，拒绝了引产加治疗的方案，说自己的身体自己知道，一定要生下孩子之后再进行手术，见她态度坚决，主治大夫评估了风险，决定尊重当事人的意见，对青青进行保守治疗，等孩子生下来之后再手术切除肿瘤。就这样，几个月以来，青青一直在养病，好在老天保佑，青青终于生下了个健健康康的宝宝，准备出了月子，身体恢复一些，就马上住院进行手术。

舞台上，合唱队已经结束了表演，民乐演奏马上就要开始。刘露一边想着青青的遭遇，一边看着舞台上瞬时变幻的光影，感到一种烟花易冷般的落寞。

偌大人世，闪亮登场的并不是过江之鲫，每个人都付出了自己的全部，每一个人都是那样独一无二，善与恶、忠与奸，山太高、水太长，山水连绵了起来，顺着故事走下去，走进灯火阑珊处，回忆里充满了同情与哀叹。

“青青这个病发现得早，现在医疗水平已经很发达了，这个病的康复概率很高。”

看到刘露落寞的神情，程毅忍不住安慰着。

“事情是这样说没错，但想起青青年纪这么小就摊上这样的事情，还是觉得可惜。不过你看现在站在台上准备民乐合奏的赵阿姨，古筝弹得比专业演员还要厉害，她也是和青青一样的病，化疗后恢复得很好，一直是健健康康的，都已经十五六年了，那个时候医疗水平有限，肯定没有现在这么先进。”

“就是，就是，刘姐，您也不要太担心，吉人自有天相。”

程毅再也找不出可以安慰刘露的话，他开始感到懊恼，觉得自己实在不应该在这个时候提出如此伤感的话题。

程毅偷眼看了看高学明，发现他一直在专注地看着舞台上的节目表演。他想着说点其他事情缓和一下忧伤的气氛，便凑到近前，压低声音问着。

“主任，我觉得今年的节目真是不错，各种形式都有，刚才还有幼儿园的孩子们跳的舞蹈，看着就很应年景，过年了嘛。”

高学明点点头，目光还是注视着舞台上，他虽然没有搭话，但程毅感觉高学明似乎对今天的彩排并没有感到百分之百的满意。

“领导，您看今天的节目哪里还需要再完善完善？”

刘露试探着问高学明，想听听他的真实想法。

“我觉得挺好的，看得出来，大伙儿是下了苦功夫的，今年的节目形式也是多种多样，效果呈现很不错。”

“您别光是夸奖呀，可得给我们多提宝贵意见，不足的地方我们尽快改进，毕竟咱们是锚定了今年全国展演的大奖去的。”

“去年的开场舞是不是叫作《青瓷炫彩》？”

高学明努力地回忆着去年的开场舞节目，舞蹈演员们穿着青瓷花纹的衣服，在环形舞台上显得格外清雅脱俗。

“对，就是这个节目，展演得优秀奖的。”

刘露诧异于高学明竟然还记得这个节目的名字。

“我看完今年的节目，总感觉今年的开场舞好像跟去年的那个舞蹈差不多，只是演员们换了服装，舞台换了背景，但看上去还是有一种似曾相识的感觉。”

高学明的话一下子戳中了刘露的心事，她不禁嘿笑着赞同。

“领导就是厉害，说实话，我也是第一次看这个节目的舞台效果呈现，的确觉得它缺少了些新意，一会儿回去，我们得马上研究修改，琢磨琢磨怎么才能让节目一眼看上去就觉得出众。”

见刘露反应这样迅速，高学明赶忙摆摆手，笑着打断她的话。

“内行看门道，外行看热闹，这只是我一个人的看法，若论文艺表演我是外行，看不懂舞蹈里面的门道，说得对与不对，你们也不用在意。”

“您说得有道理，更何况这节目是我们寄予厚望的开场舞，如果就这样拿出去参赛，肯定说不过去。”

刘露态度坚决，一边和高学明对话，一边用眼睛扫着演艺中心的大厅，寻找着科里的几个同事，然后拨通了编舞娜娜的电话。

“我们的节目得有我们的特色，就那种拉出来一亮相就有一种专属于东湖社区的气质，参加展演的节目里，哪个不是跳舞跳得非常好的，跳得不好的也不会选送出来参加呀。咱们得好好想想，拿不拿大奖的事情先放在一边，我们得编排出能给观众留下深刻印象的好节目才行。”

说做就做，刘露在电话里跟娜娜商量着修改节目的事情，两个人你一言我一语，说到关键处，她不自觉地皱起了眉头，声音也比往常高了几度。

“干脆，你叫上舞蹈队的演员们，大家到后台集合，咱们商量下怎么修改，对，对，就是现在。”

刘露本来性子最温婉和善，但若是真的遇上了较真的事情，风风火火的劲头又与刘彬不相上下。有时候刘彬看到她急火火的样子，忍不住打趣说刘露这叫作间歇性急脾气——“跟火山爆发似的，就一阵儿，科学家也不知道是什么原因”。

“我倒是有个建议，你们科还是要多听听社区舞蹈演员们的意见，毕竟要参加的展演是社区网络春晚，主要还是得突出居民的才艺，我一直都相信‘高手在民间’这句话，你们多听听大家的想法，肯定比你和我的想法要实际，也更实用。”

看到刘露准备去后台和演员们会合，高学明便叮嘱了她两句，随后同程毅一起离开了主题公园演艺中心。

开车返回建设开发办公室办公楼的路上，程毅从后视镜里瞟见高学明盯着神龟亭看了一阵，似乎心事重重的样子，便主动和他提起自己找文保所老秦的事情。

“老秦就是个掉书袋，说什么得有历史、艺术价值，或者是有时代、地域特征，我仔细回想了下，这神龟亭怎么就不符合了呢？”

说到激动处，程毅不自觉地敲了敲方向盘。

“也许他们专业人的标准和我们普通人对于历史价值的认知不同。”

高学明皱眉，似乎觉得神龟亭拆与不拆陷入了两难的境地。

“神龟亭难道没有历史价值吗？怎么说也是北宋的东西，到现在一千多年了，别的不说，就说白娘子，白娘子有这一千多年也从长虫变成人了。”

听到程毅说到白娘子，高学明先是一愣，随即哈哈大笑了起来。

“你真是什么都能想得出，说着神龟亭，怎么还想到了白娘子了？”

高学明无奈地摇了摇头。

“主任，您是不知道，我不光想到了白娘子，还想到了三顾茅庐呢，我前前后后可是给老秦打了好几次电话，他还说我‘如果你是个作家，你可以编《三国演义》’，我真是跟他们这些文化人说不通了，怎么我们认为的价值和他认为的价值就不是一个价值呢？”

程毅越说越觉得窝火，回想着和老秦的通话，总觉得两个人一直在鸡同鸭讲，谁也没有给谁讲明白。

高学明耐心地听着程毅的牢骚，听着听着突然觉得有所领悟，他打断了程毅的话。

“程毅，你还真是说到了点子上，哪里有沉默不语的历史呢，我们真的没有讲好自己的故事，不论雷峰塔底下到底有没有镇着白娘子，《白蛇传》的故事总是尽人皆知的，于是倒掉的雷峰塔就有了自己的价值，可惜呀，神龟亭没有这样家喻户晓的好故事呀，所以，神龟亭的价值老秦就看不到。”

程毅听着高学明的话，心里咂摸着这故事到底会是什么，首先便想到了青青给他讲述的赤土村村名由来，他眼前似乎浮现出她那双忽闪着的大眼睛异常冷漠地看着他的样子，有个念头突然从他脑海里一闪而过。

“主任，我倒是觉得东湖周边这几个村子肯定有些民间的传说是和神龟亭有关的，或者，往大处说，是和东湖有关的传说，咱们应该挖掘挖掘，就算是没找到，退一万步说，不就是故事吗，罗贯中编得了，咱们也可以编，编个属于东湖神龟亭的故事。”

程毅的话让高学明再次陷入了沉思，他知道，程毅所说的挖掘，其实就是地区“软实力”的打造，这“软实力”代表了一个地区的文化积淀，既看不见，又摸不着，就像老物件的包浆一样，需要年深日久的打磨与塑造。

高学明更知道“软实力”对一个地区的重要性，可是，这种积淀东湖哪儿有呀？从东湖建设开发办公室来到东湖的那一天起，就一直在马不停蹄地立新，新建的还迁市镇，新建的商品房小区，新建的市政道路，新建的主题公园，现在，就连神龟亭也要让位给东湖路的拓宽改造，什么都是日新月异的，哪里有时间用来沉淀和积累呢？

文化是城市的灵魂。城市历史文化遗存是前人智慧的积淀，是城市内涵、品质、特色的重要标志。要妥善处理好保护和发展的关系，注重延续城市历史文脉，像对待“老人”一样尊重和善待城市中的老建筑，保留城市历史文化记忆，让人们记得住历史、记得住乡愁，坚定文化自信，增强家国情怀。

高学明想到几天前的中心组集体学习，他读到习近平总书记关于历史文化的论述感慨良多，特意将这段话记在了笔记本上，每回读到乡愁二字，都让他觉得眼睛发酸，谁不想有一个记得住的故乡呢？与其被别人那光辉的故乡所打动，为什么不找回属于自己的故乡呢？

“决定面向未来的时候，真正给予我们迈步底气的，是我们共同的过去。”

高学明望着窗外一棵棵107杨从眼前闪过的时候，忍不住自言自语了起来。他仔细回想着这些年东湖建设开发办公室对东湖所做的每一件事，好像他们一直在疲于奔命地“引进来”，引进项目、引进投资、引进人员、引进发展理念、引进先进经验——依靠外部资源拉动地区的发展，从没有向内挖掘，寻找属于东湖发展的内生动力。

高学明突然觉得，不论是他还是老高主任，抑或是东湖建设开发办公室的每一个人，似乎都陷入了一个怪圈，那就是对于东湖区域发展的每一步，都会因为担心陷入过去而选择自我抹杀，从来没有真的回看过东湖自己的历史、自己的故事，长久以来，属于东湖的文脉与传承一直没有被重视起来，甚至没有被正眼相看。

想到这里，高学明心中突然有了个大胆的设想，这突如其来的思路转变让他觉得心跳加速，也许，东湖路再一次的拓宽改造真的是一个契机，是时候迈出东湖文化发展的第一步了。

“你回去告诉刘彬，神龟亭一定不能拆，与其拜师如何重建一个一模一样的，为什么不保留原来的呢？这神龟亭就像是东湖里的老人，家有一老，如有一宝，不能说拆就拆了。”

高学明拍了拍程毅的座椅，叮嘱着。

“明白，主任。其实有时候仔细想想，魏书记说的话还是有道理的，修大坝能够挡住水，基坑的边坡怎么就挡不住呢？”

程毅感到高学明态度坚决，便附和着说出自己的想法。

“肯定有办法的，不从边坡上找办法，也可以从其他地方找。让刘彬再和施工单位研究研究，不行的话，也喊上王金瑜，让她联系设计院，办法总比困难多。”

高学明嘱咐完程毅，突然觉得心情敞亮了不少，似乎只要做出了决定，便能够自然地生出应对一切困难的勇气，而真正困扰人心的，反而是陷入那患得患失的犹豫之中。

“明天早上我先去区里找趟吴副区长，有什么事情等我回来再说。”

临下车时，高学明将第二天的日程告诉了程毅。

程毅跟着点了点头，实在想不出高学明葫芦里卖的什么药，但听到他斩钉截铁般的语气，程毅有一瞬间恍惚觉得这和那一日在神龟亭里与魏书记对谈的高学明简直判若两人，就是用意气风发来形容他此刻的状态也丝毫不为过，仿佛所有横亘在东湖路拓宽改造项目上的难题都迎刃而解了。就算是绞尽脑汁，程毅也想不明白，在是否保留神龟亭这件事情上，高学明为什么前后变化如此之大。

索性，他不再纠结，看了一眼后视镜，准备把车停好。突然余光扫到一个玻璃饭盒，那是刘彬给他送饺子时候拿来的，本来想要还给刘露，却光顾着看演出彩排，把饭盒的事情忘记了，于是，他也没有熄火，直接又将车开回了主题公园的演艺中心。

第四章

刘露的四朵金花

在演艺中心停车场，程毅见到刘露跑了过来，忙把车停在了她的面前。

“刘姐，有事吗?”

“我要去趟区里，把尚德义接回来。”

刘露看了一眼手机。

“上车吧，我拉你去。过来看看有什么需要帮忙的，想不到我来得太巧了。”

程毅把刘露叫上了自己的车。细问之下，才知道，他和高学明离开后，刘露便跑到后台和舞蹈队的演员们坐下来商量起了节目的事情，话还没有说几句，区信访办的电话就来了，告诉她，东湖的尚德义又因为金子的事情来信访办找说法了。刘露没有办法，只能请舞蹈队的演员们先回家休息，自己去区里把尚德义接回来。

“我发现，他真的是隔三岔五就要上访一次，从迁坟到现在，这都多少年了，我记得那会儿我还没结婚呢。”

程毅一边开车，一边和刘露说着尚德义的事情。

“是呀，这些年，他几乎每隔一段时间就会跑一趟区信访办，来来回回的次数多了，信访办的工作人员看到他来就知道是什么事情，按照信访接待程序登记在册，了解情况之后，就会联系属地对接，这不就让我去接他回来嘛。”

刘露对于这一套接访程序已经很熟了，她不时低头看一眼手机，就怕尚德义又有什么其他举动。

“那这次是要求补偿，还是要求我们处理欧工？”

“不论要求哪一样，都是不合理的，我们也没有办法给他实现呀。”

刘露叹了口气，虽然和程毅说着尚德义的事情，但脑子还在想着修改节目的事情。

“刘姐，咱们开场舞的节目能不能融入东湖的故事呢？”

程毅犹豫再三，谨慎地开口问道。

“这个主意当然好呀，可是我们并没有属于东湖的故事。”

刘露皱着眉，连连摇头。其实程毅的提醒舞蹈队的演员们不是没有想到，只是这个想法过于空泛了，大家七嘴八舌讨论过后，实在找不到专属于东湖的故事。

“有啊，有啊，我就知道一个，刘姐，你知道赤土村为什么叫‘赤土’这个名字吗？”

程毅突然来了劲头，连忙向刘露介绍。

“因为杨家将里面的杨七郎在这里打仗，受伤后喷出的血染红了土地，所以就有了赤土这个名字，红色的土，你看，这不就是故事吗？”

刘露沉默了一下，她当然知道这个故事，但这个故事放到开场的舞蹈里，还是太单薄了，况且开场舞讲求的就是大气磅礴，战场负伤的情节实在是有些突兀，但她知道程毅也是为了节目的事情出谋划策，便不想让他失落，连忙说道。

“你说的这倒是个好故事，我要和编舞娜娜商量一下，看看能不能在节目中呈现，或者用什么形式在节目里呈现。”

听刘露这样说，程毅越发来了兴致，连忙把他的想法一股脑讲给刘露听。

“太好了，刘姐。说实话，我总觉得东湖周边那些村子里肯定有很多故事，只是我们没有专门整理，其实随便拿出来一个，都是咱们东湖自己的特色，再加上有这么大个湖作为背景，出来的节目肯定与众不同——”

“过了，过了——”

程毅越说越兴奋，差一点儿错过区信访办大门前的路口，刘露赶忙提醒他。

刘露来到信访办，和工作人员办理了交接的手续，便和尚德义走了出来，又坐回程毅的车，三个人马不停蹄地驱车返回东湖。一路上，几个人都没说话，只有车窗关上后道路两侧的白噪声，车厢里，连空气都显得憋闷。

尚德义坐在车里也不老实，一会儿抓抓头发，一会儿把一侧脸贴在车窗上，看着前面一棵棵行道树快速后退，玻璃上被他呼出的热气铺上了一层白雾，很快就看不清车窗外面的样子了，他又伸出手，拿袖子蹭了蹭，蹭出一块小小的视窗，就像是白墙上挂了一幅流动的风景画。

平日里，刘露接上尚德义，总会一边开车一边说几句劝慰的话，虽然不能解决金子的实际问题，但总会让尚德义觉得他反映的事情，还是有人重视的。但今天，她坐在副驾驶的座位上一言不发，甚至都没有回过头看他一眼。尚德义突然感觉自己就像是个陌生人，平白上了一辆回家的车。

“刘姐，今天的事，给你添麻烦了。”

尚德义本就不是个肚子里盛得住话的人，他干脆挪了挪屁股，挪到汽车后排最中间坐着，一只手搭在程毅的椅背上，斜着身子，探头看向刘露，眼睛时不时瞟一眼汽车挡风玻璃前的后视镜，看看自己的样子，有时也能看到程毅从镜子里照出来的半个额头。

刘露转过身，胳膊靠在椅背上。

“尚呀，我今天上午在看社区春节节目的彩排，但是节目效果并不好，于是演员们顾不上休息，直接在后台集合，开会商量修改节目的事情，你们本家的二姐是舞蹈队的，也跟我们在一起。”

“对对，刘姐，我知道，哎呀她从小时候起就能唱能跳的，天天在家待着就爱跟着电视练跳舞。”

尚德义见刘露开始和自己唠起了家常，便挑起眉毛，准备热络地聊上一阵。

“谁知道，刚开始商量，我就接到区里的电话，所以只能停下来，让大家先回家等消息，我开车过来接你。”

“哦，刘姐，原来你这是埋怨我来上访啊。”

尚德义不以为意，他拍了下程毅的椅背，身子顺势向后一倒，就靠在了后排椅背上。

“我没有埋怨你，这是你的权利，接你回来也是我的工作职责。”

刘露摇了摇头，看着尚德义，抿了抿嘴，接着说。

“只是这些参加节目的演员，都是社区居民，谁家里没有点儿事情呢，总不好一次次把人家喊出来。所以，我刚刚一直在想着我们这边能够做点儿什么，尽快把节目改好。”

“那我呢，我家里也一堆事情了，要不是有冤屈，谁会跑到这么远的地方反映问题呢?”

尚德义理直气壮地回了刘露一句。

“是呀，马上就过年了，你家里也得扫扫房子、买买年货什么的，所以，尚呀，咱这些日子就别来区里边了。”

听了刘露的话，尚德义自己都笑了起来，一边笑着，一边摇头。

“哎呀，我才反应过来，想不到刘姐，你在这儿拿话堵我呢。”

“我这是在劝你，大过年的，先忙年下的事情吧。”

刘露摆了摆手。

“反正你们就拖着不给我解决呗，我告诉你们，区里不给我解决，我就去市里面，实在不行，我就去北京，我就不信这么大的国家还能不管我们了。”

尚德义突然来了火气，他瞥了刘露一眼，嘴里嘟嘟囔囔着。

刘露目不转睛地盯着尚德义，突然反问。

“去北京之后呢？”

是呀，去北京之后呢？刘露的问题让尚德义一下子闭上了嘴，他脑子里飞快地想着要怎么回答。目光瞟了一眼后视镜，发现程毅的眼睛正在看着自己，他一下子便来了精神，恶狠狠地回瞪了过去。

“劝你的话说了多少年了，我是实在不知道要说些什么了。”

见尚德义不说话，刘露知道他可能真的从来没想过这样的事情，只是为了想找个说法，而决定说一些狠话来吓一吓自己。

“尚呀，这些年，该说的我也都说了，听不听得进去在你，我劝你的那些话，估计你自己听着耳朵都出茧子了。”

刘露的话里更多的是无奈，她看着尚德义，发觉岁月原来真的可以让人变老，可以通过衰老，将一个人变成另一个人。

这些年来，刘露眼见着尚德义从剃着平头的愣头青，变成现在两鬓有了白发的中年人。当年，尚德义第一次来到东湖建设开发办公室的时候，刘露记得他额头的青筋都暴了出来，而现在呢，他的额头上皱纹密布，谁又不是在一点点变老呢。

太阳在车的前方慢慢下坠，仿佛土地有种魔力，片刻便会把太阳吸进自己的怀里。落日的光温柔地透过汽车挡风玻璃照了进来，落在程毅、刘露和尚德义的脸上，每个人都被阳光慷慨以待，镀上了一层金红的光。

“那我们家那么多金子也不能不给说法呀。”

想到了金子，尚德义突然来了劲头，嗓门也提高了一些，他向前探了探身子，脖子抻得老长。

“对，得要个说法，但你找建开办要能要得到吗？”

“是你们挖的，不找你们要，我找谁要，是欧工挖的。”

尚德义回答得理直气壮。

“你跟我们一样，都是瞪着眼看完了迁坟全程的，甚至，我说话直白一点，哪怕我们有看得不仔细的地方，你们也不可能看得不仔细，你说，你看见有人拿你们家金子了吗？”

尚德义翻着眼睛看向刘露，不去回答她的话。

“还是说，土一刨开，你就看见你们家金子了？你比摄像头还要清楚？”

刘露继续追问。

“我们家就是有金子，这事情谁都知道。”

尚德义被刘露问得急了，嘟囔着回了一句，声音小了很多。

“尚呀，你这话还真是说到了点子上，全村都知道，可谁看见了呢？”

“诶，刘姐，你这是说我睁眼说瞎话吗，我们家有金子，这是全村人都知道的，我们老尚家家大业大的，有金子这事情太正常了吧。”

尚德义有些恼怒地看着刘露，满眼的不可置信，他甚至觉得刘露这话好像是在瞧不起他，甚至是瞧不起他们尚家。

“哎呀，我这不是在跟你回忆这件事情嘛。”

见尚德义情绪有些激动，刘露连忙放慢了语速。

“咱们就说新中国成立前，那个国民党军官不是也没有从你家搜到过金子吗?”

“那能一样吗? 那个时候，金子已经入土了呀，我爷爷说了，金子给他爹也就是我的太爷陪葬了，埋在地里这么多年的金子，因为你们办公室拆迁，生生给弄丢了，见不到了呀。”

尚德义越说越觉得可惜，不停拍打着程毅的座椅椅背。

“事情已经说了很多遍了，迁坟的时候你们全家都在那里看着，别说全程录像没有人做手脚，就是真有人想拿，你们还不跟那个人拼了?”

刘露抿嘴笑了起来，继续劝着。

“咱们再退一万步说，就算真的有金子，这东西埋到土里也许就走了，村里老人都知道，地里埋金子存不住的。”

“就那么埋土里肯定走呀，肯定是放在盒子里或者罐子里面了，那样的话金子走不了。”

尚德义突然来了兴致，开始给刘露掰扯储存金子的事情。

“刘姐，你看那个汉朝王爷的墓地，就能存住金子，国家考古队挖出来的不都是金子吗，电视上总播那个节目，就是南昌那个，那个什么侯的，挖出来的都是金饼子。”

刘露听尚德义提起了汉墓，忍不住抿嘴笑了起来，她摆了摆手，轻声解释着。

“海昏侯那个是汉墓，跟咱们老百姓的坟头能一样吗? 那个规模也大，就算是像你说的是汉墓，海昏侯的墓是你看见保存下来能挖出东西的，那盗墓贼偷出来的东西还少吗？”

“十墓九空呀——”

听到刘露和尚德义在讨论考古，程毅突然想到了钓鱼时，老秦给他讲的那些随着考古队一起在野外作业的故事，忍不住插了句话。

“是呀，皇帝家的墓都有可能被盗，咱们小老百姓家，谁还能埋那么讲究呀。又或许，那一阵儿兵荒马乱的，哪个逃难的挖出来捡走了，这都说不准，唯一能说准的就是迁坟那会儿，坟里面没有见着金子。”

刘露顺着程毅的话头，接着开导尚德义。

谁知尚德义大手一挥，斩钉截铁地否定了刘露的话。

“那不可能，迁坟时候我都看见了，那就是好好的坟地，更何况，就在我们家地里，谁敢动我们家祖坟，我们还不得跟他拼命。你们说的没有道理。”

“我给你讲个真事儿哈，这是我一个干考古的哥们儿给我讲的。”

眼见着谈话陷入了僵局，程毅突然开口，他从后视镜里看了一眼尚德义，开始给他讲起了老秦的故事。

“我这个哥们儿刚参加工作那年，赶上咱们旁边的古岭市发现了一个很大规模的元代墓地，他就被抽调到古岭市的考古队，参与保护性挖掘。哎呀据他说，到了现场一看，就觉得太可惜了，为什么呢，主墓几乎都被盗空了，周边的几个小墓地也都是盗洞。”

“那肯定是个大人物的。”

尚德义好奇地接话。

“当时不知道是谁的，因为墓主身上随葬的金银玉器都被偷走了，连尸骨都被盗墓的拉出了棺材，就那么随处放着。”

“要不说这盗墓的就是可恨呢，刨人家祖坟，所以说偷坟掘墓哪个年代都得砍头。”

尚德义恨恨地说。

“是呢，就说当时因为古岭市的文物市场上，突然就多出了好多外地人，买走了很多元代的砖雕和瓷器，所以引起了当地的警觉，这一查才发现，原来在西北角的岭山山根地下有一个很大规模的元代墓群，我这哥们儿说，就是放在现在，市场上出来一个元青花那也得天下皆知，更何况突然间在古岭市这么个小地方出现了这么多元代的物件，可见盗墓已经持续很长时间了。”

“那这个墓到底是谁的，肯定是个大人物，要不然也不会有那么多宝贝。”

尚德义忍不住好奇地问程毅。

“我这个哥们儿当时没什么工作经验，都是专家老师们在带着挖掘，说是根据墓葬的规模和出土的那些器物判断，这肯定是一个墓葬群，周边那几个围着的小墓地都是这个大墓地的晚辈，可惜呀，都埋在地底下也没有墓碑，就没法判断这个墓主的身份。”

“那最后不了了之了吗？”

“你听我说呀，不是还有周边的很多小墓吗？大墓发掘之后就开始发掘这些小型墓地，后来还真找到了，就是在这个墓主玄孙的墓里发现的，当时可能是家道中落了，随葬品没有那么丰富，盗墓的看到裹在尸首上的丝织品都烂了，身上金器玉器都没有，就没有仔细翻找。考古队清理骸骨的时候，就在一堆腐烂的丝织品里面发现了个关节大小的象牙钮，据我那哥们儿回忆，当时发现的位置是在颈椎旁边，开始大家以为是碎骨头渣滓，但是这东西往托盘上一放，声音特别清脆，当时大家就觉得不对，仔细一看，才知道这是一枚闲章。唉，就是根据这枚闲章，专家们又通过翻阅文献，才确定了这个墓主人就是当时元朝的一个汉人官员，在元朝，汉人当官可是不容易呀。”

程毅不觉有些感慨，随即，他方向盘一转，将车开到了东湖路上。太阳已经沉入了大地，只剩下余晖在东湖湖面上灿烂地闪光。

“哦，知道了孙子是谁就知道爷爷是谁了——”

“不是，这事情没说完。”

程毅打断了尚德义的话，继续讲着。

“骨头都是有年龄的呀，专家一看不对，按照文献记载，这个官员活到了七十多岁，但是这个小墓的主人也就是三四十岁，这年龄上对不上了。”

“难道是他把人家的东西偷走了？”

尚德义忍不住追问。

“还真不是。”

程毅冷静地摆了摆手，继续说。

“等到这个墓葬群都发掘得差不多了，专家们把各种资料和发掘物品一比对，最终认定那枚象牙闲章的主人就是大墓的墓主，而这个小墓的确是他玄孙的，估计是象牙材质比较珍贵，可以子孙之间传承，所以这枚闲章并没有随葬大墓，就像咱们说的，用来‘传辈儿’了，你记得这东西是在颈椎那里发现的吧。”

“对，对。”

程毅从后视镜里看向尚德义，见他连连点头，便继续说。

“唉，要不怎么说‘无巧不成书’呢，这就跟他的死因有关了，他是被这枚闲章卡在气管里憋死的，就说这事情有多么蹊跷，一个大活人被一个象牙钮卡死了，然后这东西就留在他身体里，随着尸首腐烂，跟骨头堆在一块儿，当然了，要没有这枚闲章，考古队永远都不会知道大墓的主人是谁，盗墓贼把东西都偷走了，也正因为这东西待着的地方太不起眼，所以才没被偷走。”

“那这事情真是太凑巧了，谁能知道这印章传到谁手上呀，就这么留下来不传了。”

尚德义越听越来了兴致，咂摸着程毅讲的故事。

“尚呀，你说有没有可能，你爷爷当年就是为了骗国民党，不想把金子给他，才说陪葬了，我觉得这是人之常情，谁也不愿意把自己家的东西平白无故给别人。”

刘露借着程毅讲的故事，再次劝说尚德义。

“刘姐，您说的我都明白，但是那么多金子，折算起来也是钱呀，我爷爷在世的时候，就说金子陪葬了，我爷爷倒头的时候，还让我们跪地下保证不动坟地里的金子，现在我们没有听他的话，同意你们征地拆迁，然后金子就这么没了，村子里就剩下看我们老尚家的笑话了，我爹因为这件事躺床上一个多月没起来，这口气让我们怎么咽下去?”

尚德义说出了自己的心里话。

汽车里，程毅将暖风调到最大，任由热气烘烤着后背。车窗外，天寒地冻，杨树的枝杈笔直伸向天空，孤单而倔强地迎风而立，它已经告别了白日，只等待着夜晚打马而来，然后将万物都包裹在黑暗之中，似乎这世上再发生什么都与它无关了。

其实，有很多时候，尚德义自己也觉得这金子丢了就是丢了，本来就没打算从地里挖出来，他爷爷不挖，他爸爸不挖，他自己更不愿意挖，这本就是打算埋在地下陪着祖宗的东西，挖出来谁敢用呢?

只是有一点，迁坟的时候全村人都看着，看着传说中家大业大的尚家根本就没有那些大小黄鱼，看着本该有着家族最神秘色彩的关于黄金的传说顷刻之间化为乌有。只剩下一段传奇沦为笑谈，长久地被村里人谈论着，这样的丢脸事情，他或者说他们尚家都不愿接受。

虽然搬入了新市镇，但人与人之间成日里也少不得打头碰脸的机会，尚德义总觉得自从迁坟的事情发生后，人们看他家人的眼色就不一样了，那些悄声地聚集在太阳底下、墙根边上、槐树下面的窃窃私语，好像一下子找到了主人，似乎全都成为属于尚家的闲言碎语。

所以，上访成了尚家人证明金子存在的唯一途径，至少可以理直气壮地证明他们确实是受害者。必须让这段关于黄金的传说延续下去，就像延续着老尚家那些在村里闪闪发光的过往一样，而这件事情他一定要做下去。

“就算找到联合国，我也会找下去，直到找到那些金子为止。”

尚德义心里明白，有很多事情，做着是为了结果，而又有些事情，做着是为了延续事情本身罢了。

“所以我不是说了吗，上访是你的权利，如果一时半刻想不开了，可以来建开办找你刘姐，大家伙儿说说话，开解开解，心结当然不能一时就解开，但说出来心里舒服点儿也是好的，只是你去区里、去市里，甚至是去北京这就不对了，你说呢？”

这些话，刘露说了不知道多少遍，但还是耐心地说着。她觉得很多时候，居民们反复反映问题，并不是真的不知道答案本身，而是想找到一个渠道，能够说说心里的憋闷。她知道，自己的工作之一就是提供这个渠道。

“尚呀，你们家人口多，宅基地大，征地拆迁的时候确实补偿不少，家里不愁吃穿，但是我还是觉得人总得有点事儿做，哪怕摆弄花草、养个宠物都是一种寄托，你天天在家里没事干，可不就剩下钻牛角尖了嘛。”

“我不爱种地，我爹天天在院子里鼓捣，我看见就烦。我就不明白了，种了一辈子地了，怎么还不够呢？”

尚德义撇了撇嘴，顺便说起了俩月前，自己带着儿子摘山楂的情形，爷儿仨鼓捣了大半天才摘了一半。尚德义抬头看着剩下的一半山楂高高地挂在树上，感觉自己光是想想抬起胳膊摘果子都觉得酸得慌，最后索性决定不摘了，就让山楂晾在了树上。

刘露听尚德义讲着，不由得笑了起来。汽车在十字路口转了个弯，几个放了学的中学生不急着回家，在马路边一株做了防寒的大叶黄杨球周围打闹着，路灯将几个孩子的身影拉得笔直，又随着他们的奔跑长长短短地变幻着。

“你孩子今年该高考了吧?”

尚德义摇摇头，一说起孩子，他憨憨地笑了起来。

“明年考试，今年才上高二，我看也就那意思，脑子笨，能有个学上就不错了，实在不行跟着他二叔摆弄鱼池养鱼吧。”

“等明年你们儿子上了大学，你不就彻底闲下来了吗，干脆跟着你们本家二姐来社区吧，这么多活动，唱歌跳舞朗诵乒乓球，找个喜欢的玩呗。”

刘露想着也许找点儿兴趣爱好，尚德义就不会三天两头想着金子的事情了。

“到时再说吧，没意思。”

尚德义摇了摇头，看到程毅的车已经停在他家小区门口，便打开车门，向刘露和程毅说了句再见，转身离开了。程毅的车灯照着尚德义孤单而落寞的身影，又照着他走入小区往来的行人之中，仿佛一个归家的旅人，一路风尘，满心疲惫。

看着尚德义越走越远，程毅将玻璃饭盒递给了刘露。

“刘姐，我送你去哪儿？这么晚了，直接回家吗？”

“你送我回社区活动中心吧，我让娜娜和维佳吃了饭就在那儿等我，我们三个先商量怎么改节目。”

刘露接过饭盒，顺手放到了书包里，嘿嘿笑着。

“那咱们也先吃个饭去，还是老地方——渔公渔婆，那儿的鱼做得是真不错。”

程毅想到空空的饭盒，打算请刘露吃个饭。

刘露摆了摆手，示意程毅小心开车。

“不吃了，晚上回家再说吧，先把改节目的事情理出个头绪来，那两个小丫头还在社区等着呢。”

听到刘露这样说，程毅不自觉地踩了踩油门，加快了车速。

“刘姐，我觉得吧，你们得找本地的大爷大娘取取经，毕竟单凭你们三个人坐在一起开小会，恐怕想不出太多富有东湖特色的故事，你想呀，你们都不是土生土长的东湖本地人，要找本地的故事，就得听老人们讲，我听老秦说，他们局的文化干部每年还要专门去各个地方听故事记下来，哦对，叫作深入生活，然后把听来的故事一加工，就变成了文艺作品。”

“你这话还真是给我提了醒，我们得找个高人请教，可是这个时候上哪里找本地人呀？”

程毅的提醒让刘露犯了难，她目光看向窗外，脑子里飞快地想着自己认识的人里面有哪些是东湖土著。思来想去，她拿起手机拨通了青青的电话。

听到电话里青青的声音依然清脆响亮，刘露的心情也跟着变得好了起来，这至少说明青青产后恢复得不错。刘露叮嘱青青照顾孩子的同时也要注意自己的身体，青青开心地答应着，还给她讲了宝宝的趣事。

“刘姐，你给我打电话，是不是找我有什么事情？”

青青的预感一向准确，她总觉得刘露在电话里的声音听上去怪怪的，便问道。

刘露也不绕弯子，直接把想法告诉了青青。

“我们科每年都要选送几个节目参加全国网络春晚展演，眼下春节快到了，我们在组织社区的居民们排练展演节目。今天彩排的时候我看了看，觉得开场舞没有新意，想着能不能融入东湖本地的故事，编一个独特的节目，我就想到了你，你从小在东湖边长大，你有没有听说过什么关于东湖的故事呢？”

青青在电话那头沉默了半晌，话筒一端传来宝宝嘤嘤的哭声。

“故事太多了，但都是张家长李家短的事情，和东湖相关的故事被你这么一问，我倒是想不起来有哪些了。”

“或者，你有没有听你爷爷说过什么关于东湖的事？”

刘露所说的青青爷爷，那可是东湖周边几个村子里大家公认的才子，就连最近的一版赤土村志都是他编写的，刘露想着既然能够编村志，那么老人家对于村子的历史沿革和民间逸事自然知晓甚多。

青青在电话里犹豫了一下，努力回想着爷爷生前说过的话。

“爷爷活着的时候没少给我们讲我们赤土村和旁边村的故

事，和湖有关的故事，我得仔细想想。”

电话那头，宝宝的声音越来越大，似乎在哇哇哭闹着。刘露感觉自己给青青添了麻烦，连忙收回了话题。

“没关系，我这也是一时想起来了问问你，你这儿没有也没事，一说到你爷爷，我倒是想起来了，我们明天可以找魏书记借来本村志看看，没准那里面有故事呢——”

“嗨，刘姐，你要说村志，我倒是有个东西比村志好。”

青青突然开了窍，连忙打断了刘露的话。她本来就是个热心肠，听到刘露请她帮忙，自然是毫不推辞。

“我手边有一本我姑奶奶写的笔记，我爸爸小的时候，我爷爷拿着给他开蒙用的，后来就放在我这里了，我小时候也看过，写得很有意思，都是些稀奇古怪的故事，可能是我姑奶奶从村子里面听来的吧，就像《聊斋志异》似的，我觉得你们可以翻翻看有没有能用得上的。”

“你姑奶奶？好像从来没有听你提起过。”

刘露反复回想，实在想不起来青青曾经还有这样一位家人。

“嗨，说起我姑奶奶，那也真是个传奇女子了，我太爷是个有见识的，用现在的话叫思想开明，他当年做主把我姑奶奶送到了新式学堂，说什么当个女学生，就算不能保家卫国，也能够安身立命。”

“你太爷爷也是个不简单的人，那个年代有这种想法的人可不多，都想着生了姑娘养大嫁人，怪不得你爷爷也是个响当当的人物呢，这都是家庭教育得好呀。”

刘露忍不住对青青家的人多了一分佩服。

“好什么呀，我姑奶奶可是命不好，有一年国民党来村里抓人，把她吓着了，所以她时不时地就会疯疯癫癫一阵子，只要看见当兵的，要么哭哭闹闹的，要么就躲得远远的，这村子才多大呀，一来二去就传开了，都说我姑奶奶脑子有毛病，村里说媒的人也不敢给她说媒了，就这么成了老姑娘，后来我老太太就不让她出门了，每天待在家里。”

“真是可惜呀——”

刘露不觉有些唏嘘。

“但是刘姐，你说这事情也奇怪了，有一次听话匣子，她听到毛主席说中华人民共和国成立的消息，就哭着跑了出去，然后人就清醒了，再也没有疯疯癫癫的情形了，大家都说是年景好了，人才好了。可惜呀，眼看好日子就要来了，我姑奶奶却得了结核，没过多久，人就没了。”

刘露听完青青讲的故事，突然重重地叹了口气。而程毅听着从电话里传来的声音，也不觉无奈地抿了抿嘴。

寄身乱世，人的命运就如漂萍，无端流落荒野，任你百丈雄心，也只能暗自凋零，无处寻找那些公义道理，更无从言说那造化弄人，想要安置眼前的周遭已属不易，又如何谈起那云端的风花雪月呢？

“姑奶奶没了，我太爷就把她的遗物珍藏起来，其中就有这本笔记，我太爷说，人要‘敬惜字纸’，这些文字过了多少年还是会有价值的，所以我还打算等大宝再大一点的时候，讲里面的故事给他听呢，这应该算是我们家的传家宝了。”

“哎呀，这么珍贵的东西你还是别给我了，好好存着吧，没关系，我再找其他人问问。”

刘露觉得那笔记是老人的遗物，担心损坏了对不起青青的心意。

“嗨，我也不拿着呀，那个小本子的纸又黄又酥，轻轻一碰就破，我都是扫描好存在电脑里面的，我给你发电子版。”

青青知道刘露的顾虑，连忙给她解释。

“那我就不客气了，我等着你的电子版。”

正说着，电话里传来婴儿的哭声，青青嗯嗯地哄起了孩子。

“刘姐，我先挂了，这孩子又拉了，我让我爱人给你发过去，发到你们社会事业科的邮箱，放心吧，我现在就告诉他。”

挂掉了电话，刘露对于这个传说中的姑奶奶充满了好奇，而对那个记载了故事的笔记更是满怀期待，只盼着能够早一点看到邮件。

“行了，这就行了，我有一种预感，青青这个姑奶奶冥冥中一定能够帮上咱们的忙，毕竟这都是传奇人物了，肯定会帮着你们制造新的传奇。”

程毅拍了拍方向盘，嬉笑着对刘露说。

刘露没有回话，只是充满期待地点了点头。

龙生九子，赑屃形似龟，好负重，常驮着三山五岳，在江河湖海里兴风作浪。因大禹治水时，赑屃推山挖沟、疏通河道，协助治水有功，人们感念其行，便将它的事迹撰文作赋，刻录在石碑之上以表纪念。

日月变幻，斗转星移，赑屃日日将篆刻功绩的石碑驮于背上，遍历江河湖海，唯以夸耀自己辅助治水之功。

一日，赑屃行至一片退海之地，只见盐碱荒滩，草木稀疏，当地土著艰难度日，惶惶之间尚且无法维系温饱。忽而一阵狂风大作、惊雷不止，天地浑然变色，河面大浪狂掀，河水铺天裂地而来，冲击土地、损毁庄稼，引致土著四散奔逃，哭喊之声数日不绝。

赑屃不忍水患肆虐、屠戮生灵，决计再次施展神力，疏浚河道，以利苍生。眼见得河沙退却，河水奔流入海，土著欢天喜地，歌之舞之，唯颂赑屃泽被之恩。却不想洪水漫天而来，屋舍尽数冲毁，一时哭声震天撼地，退海之地还复一片汪洋，十人死伤八九，举目难见完人。赑屃顿觉蹊跷，引来土地详问，始知此地常有河妖作祟，终日为害乡里，屡伤乡人性命，知赑屃助力疏浚河道，便生祸害之心，才致洪水漫天，苍生浩劫。

赑屃大怒，遂潜入河中与河妖大战，却因背上石碑沉重，法术难以施展，不得已大败而回。河中有一老龟，自愿为地方除害，协助赑屃惩治河妖。赑屃大喜，遂将石碑置于老龟背上，再次潜入河中，此时神力天启，又似当年治水之时。赑屃与河妖大战两天一夜，天地为之作色，忽而乌云蔽日，大雨倾盆，忽而狂风袭来，摧枯拉朽，终于日出东方，天地清明。

自此，河流改道，沃土遍地，澄净河水注入赑屃力战河妖之处，遂成平湖万亩，形似钱袋，土著欢呼雀跃，且歌且舞。赑屃四下寻找，只见记述治水功德之石碑置于地上，遍寻不到老龟身影，以为老龟胆小，大战之时早已遁逃河中，便将石碑复驮背上，腾身再次游历四方之境。不承想，石碑所在之处，老龟早已埋入地下。原来赑屃所负石碑为女娲补天所剩神石，重量可及三山五岳，老龟并非神物，哪里能够负担如此重量，但它不愿放弃，任石碑硬生生将它压进土中，龟盖碎裂，嵌入地层，依靠肉身之躯负载石碑，使其两日一夜依然屹立不倒。

赑屃已去，只留老龟身躯混入泥土，尸骨无存。土著见此情景，无不感伤落泪，遂按老龟样貌打造石龟一座，置于老龟肉身入土之地，又铭刻碑文，彰显老龟协助降服水妖之功。自此，水患不兴，物候丰泽，人们在此安居乐业，生生不息。

一周后，展演开场舞编排完成，刘露再次请来高学明。在玛雅主题公园演艺中心的大厅里，她凭记忆向高学明复述着笔记里的文字，这是她收到青青邮件后，从一众故事里找到的关于东湖和神龟的故事，由娜娜和维佳进行了舞蹈和美术编排，最终，由社区舞蹈队的演员们在舞台上展现了出来。

只见光影变幻之间，滔滔之声鼓桨不息。屏幕上巨浪滔滔，在远方起伏的浪花之中，舞蹈演员们鱼贯而入，一切仿佛刚刚开始，一切又仿佛已经结束。灯光打出的天空越来越蓝，耳边水波阵阵，经过水波与浪涛的洗涤，演员们舒展着四肢，感受芦苇荡里的呼吸，仿佛一个个长着翅膀的小兽，跳跃在葱茏的湿地里。

最终，演员们步履轻盈，集结而出，沿着光影走下舞台，神龟亭的影像出现在屏幕之上，那石质的神龟日夜看水观人，晴空下，白鹤排云而上，一种诗情徐徐而来，又在湖水错落中弥漫开去，湖水那样清澈、澄莹，阳光在湖面之上投下遍数不着的细碎银光。留下观众们静坐台下，一时思绪纷纷，或忆起久等不到的远方人，或想起终未如愿的他乡情，怀着一颗感慕之心，回想着生命里永远都碰触不到的那些事物。

刘露带着娜娜和维佳在短短的几天之中，依靠着故人笔记，回溯时间的长河，找到一段快要淹没于人世的逸闻，最终在舞台上呈现了《湖·络》这个凄美却充满希望的故事，从此这个故事将保存于光影与肢体的律动中，保存在每一个看过这场演出的人心中。

当人们从舞蹈中回到现下，一时间，掌声雷动，程毅将手指贴在唇边，高声吹着口哨。

“我有种感觉，今年《湖·络》这个节目一定能拿展播的大奖。”

高学明一边鼓掌，一边向刘露祝贺着。

“主任，咱们东湖出人才呀，刘姐带着科室的两个人居然想出了这么好的节目，太厉害了，刘姐就是我的偶像。”

程毅嬉皮笑脸地跑了过来。

刘露听了连忙害羞地摆手，向高学明指了指程毅。

“这事情我可不敢居功，最先想出这个点子的是程毅，要不是他说应该找找东湖的民间故事搬上舞台，我们也编排不出这么好的节目，但是这个节目的舞台效果这么惊艳，的确是我没有想到的，我看了也觉得很激动。”

程毅看了看刘露，又看了看高学明，嘿嘿傻笑着。

“我也是想起什么就说什么，那天在车上，主任对我说了很多关于东湖和神龟亭的事情，我听他说，我们面向未来是因为我们有过去，我就从这句话得到了启发，所以就赶快来找你了。”

“你到底有没有听清呀，我原话是这么说的吗?”

高学明笑眯眯地揶揄程毅。

“哈哈哈，主任，我就记了个大概意思，但是可惜呀，我记了个大概意思就能得到这样的启发，要是我全文背诵，也许就真的编出跟《三国演义》一样的故事了，还是领导水平高呀，一句话就给我们带来如此大的收获。”

程毅夸张地竖起大拇指，向高学明比了比，又向刘露比了比，最终，胳膊伸向舞台，给演员们点了大大的赞。

“我看谁都没有你的水平高，不但能够给我们提建议，还能够随时随地给领导拍马屁。”

刘露又开始揶揄程毅。

“哈哈，没有没有，我是真心佩服你们，我只是给了个笼统的提议，想不到你们真的实现了、做到了，这节目太震撼了，也太独特了，至少是这十年来，我见过的最好看的开场舞。”

程毅一边说，一边还在回味着刚刚舞台上的表演，觉得意犹未尽，便又掏出手机，翻看着自己录下来的一段舞蹈节目视频，越看越是忍不住赞叹。

“真好呀，人家都说‘三人行，必有我师’，我看刘姐，你这是‘三人团，必得大奖’呀，我们都期待着节目的好消息。”

刘露听程毅这么说，笑得合不拢嘴，摇了摇手纠正着。

“如果真的有幸得了大奖，最大的功劳也不是我们三人团的，功劳还是应该给到这个故事的原创者——青青的姑奶奶，没有这个故事，娜娜和维佳也编不出这么好的舞蹈节目。”

“四朵金花闪耀东湖。”

程毅打趣说着，还不忘两手手腕相碰，手掌张开，做了个花朵的造型。

高学明点了点头，想到刚刚刘露复述的笔记内容，不由得感慨。

“以前只听说青青的爷爷是个文化人，想不到姑奶奶也这么有本事，那个年代女孩子识字的本就少，能编出这样一本故事笔记的更是凤毛麟角。”

“传奇呀，他们家净出风云人物呢。”

程毅脑海中突然闪过当年青青投来的冰冷目光，此时回想起来都感觉有一丝熟悉和亲切。

“主任，我倒是有个想法，咱们能不能和文化馆商量一下，给老人家的这本笔记出版了，如果现在书号紧张，内部出版也可以呀，就放在咱们各个社区新时代文明实践中心的书屋里，供大家阅读。毕竟现在东湖开发得好了，许多外地人都选择落户，有了这本书，就能让那些住在这里的人了解东湖的民间故事，更能加深他们对东湖的感情。”

刘露向高学明说出的这个提议并不是一时兴起，这些日子里，她有空就会翻看青青发给她的笔记。这本笔记就如青青所说，实在是“写得很有意思”，从神话故事到民间传说再到坊间趣闻，五花八门，趣味横生，让人忍不住憧憬以前，那些在东湖边生活的村民竟然有如此丰富多彩的生活。

有时候，刘露会把她看着觉得有意思的故事传给刘彬，刘彬看了也觉得有趣，便又传给科里的同事们。想不到，大家竟然觉得一个故事不过瘾，又追着刘露要其他的故事。就这样一来二去，刘露不断地发故事给同事们看，她突然就萌生了将青青姑奶奶的笔记出版的想法，觉得这么好的文字应当让更多的人看到，就像青青太爷爷所说的，文字应当有它的价值。

高学明“嗯”了一声，没有表态。

程毅听刘露这样说，觉得这个主意再好不过，又见高学明不置可否，便迫不及待地帮腔。

“刘姐，你这可真是个好主意。既然有这么多、这么好的民间故事，就应该记录下来，流传出去，以后东湖的外来人口越来越多，人家带来的都是外面的故事，而属于这片大湖的老故事，讲的人越来越少，那不就失传了嘛。”

“这样吧，我亲自给文化馆的周馆长打个电话，跟他说明这个情况，拜托馆长一定要大力支持。当然，肯定需要资金经费，你去找王金瑜，让她帮忙协调。不但要做，还要做好，这本笔记值得我们大力宣传出去，不光宣传民间故事，还要宣传东湖，以前咱们把玛雅主题公园作为东湖的名片，现在是时候换换思路了，东湖就是自己最闪亮的名片。”

高学明非常认可刘露提出的建议，他之所以不急着表态，是因为他觉得这事情不光要做，还要做得更多，于是，他不忘叮嘱刘露一番。

“不只是青青家的这份笔记，你们社会事业科也可以动员社区开展一次征集，广泛地征集，多征集一些关于东湖的故事和传说，结集成册，就可以叫《东湖民间故事》或者什么别的名字，当然书的名字你们再商量。我觉得可以以这次出版为一个契机，做一次宣传东湖的活动，甚至可以动员全区的人都参与进来。”

“谢谢领导支持！我们一定全力以赴。”

刘露对高学明这突如其来的支持感到既激动又兴奋，在演艺中心大厅里不知说了多少声感谢。

从演艺中心返回的路上，程毅好奇地问刘露是如何想到用神龟亭作为舞台背景这个创意的。

“亏你还是行政办的主任，领导说的话你都没有记住，高主任不是让你告诉刘彬神龟亭不拆了吗，我就想着既然留着神龟亭，那就索性把它宣传出去，让更多人知道。”

刘露想到那天刘彬告诉自己神龟亭要保留时候的那副将信将疑的神情，忍不住嘿嘿地笑了起来。

“还是刘姐厉害，一下子就能理解领导意图。”

程毅一拍大腿，突然有了个提议。

“这么说来，《湖·络》这个节目真的跟我关系巨大呢，节目这么精彩，我感觉与有荣焉，刘姐，择日不如撞日，今天我请客，叫上我刘哥，咱们仨去渔公渔婆吃鱼去。”

“今天还真的不行，我得回去给刘彬收拾衣服，他明天出差。”

程毅不明就里，想了想，看向刘露。

“不对呀，最近没有外出培训的通知，我刘哥去哪儿出差呀?”

“贵州，说是东湖路拓宽项目的施工总包在那边也有项目，项目部的高工们带着刘彬一起去取经，好好学习学习经验，他跟我说，崇山峻岭的地方能够实现高规格的基础设施建设，东湖路拓宽这样规模的工程更是不在话下。”

说着，刘露转头看向车窗外，华灯初上，东湖周边的道路已经挂上了大红的宫灯，彩色的灯带缠绕在树杈上，灿若星河，一片喜气洋洋的节日氛围。

“那明天几点的飞机，我送刘哥去机场。”

程毅是个热心肠，多年来和刘彬夫妇关系一直很好，有了事情总会主动帮忙。

“不用送，让他自己去就行，我明天也不送他，我想明天去趟文化馆，看看能不能全区范围内做一次征集，再争取年前把出书的事情搞定，开春的时候就能看到印好的书了。”

刘露像是想到了什么，扑哧一笑。

“就让你刘哥他一个人自力更生吧，我告诉他，让他早点回来，还等着他过年包饺子呢。”

噼啪啪——路边，爷孙两人正蹲在人行道上点着划炮，又是一声脆响，小孙子咯咯咯笑个没完，宫灯的红光映亮了胖胖的小脸，刘露突然感到一股浓浓的年味，她摇下车窗，空气里有熏肉的香气，有爆竹的震响，更有一家人聚在一起的时光，匆匆，如梦。

“只要看到放鞭炮，就感觉年味儿浓了。”

刘露忍不住感叹。

“哎呀，刘姐，现在哪有小时候放鞭炮那个劲头呀，我让我们孩子自己点炮，他都不敢，胆子太小了。”

汽车拐进刘露家的小区，鞭炮声渐渐远了。

“那是你胆子太大。”

“还真是，我记得我小时候放花，放完了花筒子还留在地上，我就想着自己制作，怎么做呢，我把鞭炮都剥开，把药面儿都倒进花筒里，倒了有半筒吧，然后费了老大劲，我自己搓芯子，搓得老长老长，然后一头连着花筒，我站在一头点火。”

程毅不禁回想起小时候放花放炮的情景。

“然后呢？”

刘露忍不住追问。

“哎呀，吓死我了，谁知道那花和炮用的不是一个药面儿呀，一大筒药面儿，它不往天上喷，原地炸开了，那声音呀，我现在想起来还后怕，我等于自己做了个小型炸药包。”

刘露被程毅的糗事逗得哈哈大笑，远远地看到有人在小区道路上走着，黑色棉服，中等个子，她一眼就认出了是刘彬。

“这么晚了，出来接我刘姐吗？”

程毅看着刘露下车，又打开车窗，伸着脖子问。

刘彬伸出手，将手上的东西递给了刘露，橙黄色的路灯下，一串糖葫芦晶莹剔透地闪着光，就像是有颗星星从他的手里递到了刘露手里。

“给你刘姐买了支糖墩儿——”

夜色如水，温柔地涌动在人世间，远处冰封的东湖湖面铺满了白银一般的月光，仿佛是万物之主戴着面具的脸，为这片安生之地守着夜。湖边的小区里，万家灯火，路过的人只需要看一眼，便觉得自己曾在其中居住过，一种古典启示录般的美油然而生，令人感动，又是永恒的一日。

第五章

老秦的五指山

春节过后，日子像踩着风火轮，咕噜一声就过去了。人们甚至来不及细想时间是如何度过的，转头便看见又一个红红火火的太阳从地平线升起，新的一天来到了。都说时光匆匆流逝，这比喻太过形象，仿佛每个人都能看见时间的界限一般，抽刀断水，便以为是时间的主宰。其实不是的，时间只会暗戳戳嘲笑人为划定的边界，它从不听从于任何人，总是按照自己的意愿流动着，有时飞逝，有时凝滞，让每一个身处其中的人，对它又热爱，又惧怕。

元宵节刚过，高学明就接到了培训通知，组织上安排他到市委党校进行为期三个月的中青年干部培训学习。消息传得飞快，人们议论纷纷，大家都说高主任这是要高升了，毕竟党校学习就是提职前的“冲锋号”，也有说，现在组织上大力提拔年轻干部，像高学明这样年轻有为的干部肯定是组织上重点培养的对象。传言中，高学明的去向成谜，有人说，他即将调到区里赴任，也有人说，他可能会任职市里机关。大家纷纷猜测着高学明之后，谁将会是东湖建设开发办公室的主任，每个人都小心而谨慎地关注着各个班子成员的一言一行，仿佛希望能从其中窥探到蛛丝马迹，似乎在这个春节过后，人们有了长久而唯一的谈资，一点点的风吹草动都会引起一阵猜疑揣测。

在大家风声鹤唳一般的观望中，刘彬却是最沉得住气的。眼下，东湖路拓宽改造的事情千头万绪，而项目开工又迫在眉睫，他真的是没空去想领导班子间的人事变动。但是，刘彬心里的账目算得清清楚楚，就算是高学明真的离开建设开发办公室，东湖路还是要拓宽的，神龟亭的去留更是拓宽改造需要考虑的重要因素。当然，保留神龟亭的建议是高学明主导的，可是“铁打的营盘，流水的兵”，毕竟保留神龟亭，并在神龟亭周边建设景观公园的方案早就上过建设开发办公室的主任办公会，一旦事情经过集体决策程序同意，便不会因为一些临时的人员变动而更改，更何况高学明只是要去党校学习几个月，这几个月的时间里，东湖路拓宽改造项目进展应该能顺利过半了。

正是因为目标明确，刘彬每日便还是在设计和施工单位之间来回沟通，敲定每一个项目前期的准备工作，特别是神龟亭保留的决策制定后，周边地区的景观方案设计成为道路拓宽改造后新增加的一项工作，而神龟亭景观公园建设也被列为东湖地区今年的民心工程之一，因此，刘彬铆足了劲头，一门心思地扑在前期准备工作上，想要在土壤化冻之前，将神龟亭的保护和景观公园的设计方案做出来。

同一时间，刘露的工作并不比刘彬少。都说“正月十六遛百病”，民间本就有正月十六出门踏春的传统，于是社会事业科联合区文化馆在东湖荷花广场举办了大型的环湖健步行活动，同时启动全区范围内的东湖民间故事征集。征集公告发出后，各种涉及村名来历、历史逸事、人物传奇、民间工艺趣事的故事都被收集了上来，刘露又请文化馆的同志将收集到的故事进行筛选，而娜娜和维佳两个人则负责对筛选出的作品进行配图，就这样大家前后忙活了半个多月，终于在“二月二龙抬头”过后，将收集上来的东湖故事和青青姑奶奶的那份手稿汇编在了一起。

“看到了吗，这才是真正的不打年盹儿——”

刘彬看着常常工作到深夜的刘露，忍不住心疼地吐槽。自从贵州借鉴经验回来，他就看到刘露每天有着用不完的劲头，一门心思扑在了东湖民间故事整理中。从征集筛选到组稿校对，刘露带着科里的两个姑娘频繁往来于东湖和文化馆之间，敲定着故事出版之前的各种大小事务，甚至连封面装帧都亲力亲为。

好在，刘露的付出没有白费，《东湖民间故事汇编》已经核稿完成，送到了出版社。她每天都在等待着成书的时刻，像个等待着丰收的农人，早已不在乎那些流着汗水的耕种时刻，只盼着果实压满谷仓。

“出力长力，现在出书的这套流程我们几乎都掌握了，等到出第二部的时候，我们社会事业科就可以独立开展工作了。”

刘露听到刘彬的吐槽，有些骄傲地憧憬着后面的工作，这一次的故事收集大获成功，但由于版面限制，很多好故事都不得不被割舍掉了，她开始盘算着能否趁热打铁，再出一部故事汇编。

程毅也在盼着这本《东湖民间故事汇编》，每隔三两天便会去社会事业科问一下进展情况。

“出版社那边还要三审三校，文化馆的同志已经拜托了出版社，会尽最大努力加快速度的。但是，你这么着急看这本书是为什么?”

刘露将目前的出版进度告诉程毅，并且十分好奇他为什么总是来追问这件事情。

“高主任有时候会打电话询问，而且，他去党校培训之前，特意嘱咐我了，拿到成书后，抓紧给魏书记送几本过去。高主任说，老人家见证了东湖几十年的沧桑变化，这本书权当是我们建开办送给他的一份礼物。”

程毅向刘露解释着缘由，他认为高学明的话说得在理，那些书里的故事也许是魏书记曾经听过，但早已记不清的过去。当那些故事与他在文字中再度相遇时，也许会让老人家生出对于过往无限的感慨吧。

“程毅，听你这么一说，我倒是突然冒出个想法来，当年咱们建开办刚来到东湖开展工作时，多亏了魏书记的全力支持，第一个签了宅基地换房协议，才彻底帮我们打开了土地收储整理工作的局面，这个事情咱们不能忘呀。”

刘露回想起当年，老高主任手里捧着魏书记签字的协议时，脸上那种复杂的神情，就好像已然翻越了千山万水一般，充满了感激和对未来的无限憧憬。那个时候，谁也没有想到，这征地拆迁工作的第一号协议，竟然来自当时人口最多的村队，还是村书记第一个签的字。

“这个带头作用好呀，我听说那些还在犹豫观望的村民们，听说书记签了字，便也不再和拆迁办的同志纠缠了，纷纷按照之前拟定的协议签了字。”

说起当年的情形，程毅很是遗憾，他来到东湖的时候，土地收储已经接近尾声，大规模开发建设正在进行，他似乎赶上了东湖区域成长的壮年，却遗憾地错过了这片大湖区域的幼年，只能从老同志的话语里，追溯过往的岁月了。

“这个领头雁作用太珍贵了也太重要了，我们建设开发办公室真的应该好好感谢魏书记当年的支持，所以我在想，既然咱们礼重村里的老书记，那不如这本《东湖民间故事汇编》就请老书记给写个序。”

“这个主意太好了刘姐，也不用找那些知名的作家来写序，既然是东湖自己的故事，就应该让在这片土地上生活着的人自己作序。反正也不需要像专业作家那样优美的文笔，只要能写出真感情就行了呀。”

听到刘露的提议，程毅忍不住拍手叫好。

刘露笑眯眯地看着程毅，她也对自己这神来之笔一般的提议甚是满意。

“你要是也觉得好，我就放心了，因为请老书记写序这件事情，还要麻烦程主任出山，毕竟我们和魏书记不熟，不好贸然开口。”

“这事情包在我身上，我现在就联系魏书记。”

程毅拍着胸脯向刘露保证着，连忙掏出了手机，正巧他的手机铃声突然响起，他便向刘露摆了摆手，走出她的办公室。

电话接通后，青青的声音从另一端传来，依旧爽朗而清脆。

“我听刘姐说，收集东湖民间故事的主意是你跟她提的？”

程毅愣了下，嘿然笑着。

“可不敢说是我的主意，只不过东湖周边几百年的历史了，如果没有故事那才稀奇了，可这故事总得有人讲才能算是故事呀。我就觉得，现在村里人都搬到了新市镇，再过几年东湖发展更好了，外来人口越来越多，老居民的比例越来越少，到时候没有人再记得东湖的故事可怎么办呢，所以得多搜集搜集这些故事，然后让知道这些故事的人越来越多，这样讲故事的人也会越来越多，一来二去，东湖的老文化就能传下去咯。”

“算你还有点良心，在东湖干了这么多年，终于对这儿有了感情，成了‘东湖人’了。”

青青在电话里咯咯笑了起来。

听到青青的夸奖，程毅在电话里乐开了花，连忙给自己表功。

“怎么会没有感情，你可不知道我对东湖的感情有多深，只有月亮能够代表我的心。”

青青“哼”了一声，揶揄了程毅一句。

"你别贫了，你对东湖的感情我还能不知道，你来这儿的第一天就看不上东湖这个地方，觉得这里离市中心远，简直一片荒郊野地，你别以为我看不出来。"

玩笑之下，青青终于第一次开口提起了当年的旧事。这是两个人长久以来的心结，的确，程毅的那一声讪笑刺伤了青青的心，让她觉得自己和那个新来的同事是两个世界的人，这两个世界，一个是东湖，一个是东湖之外。

但是，时间会冲淡一切的。现在，属于两个世界的界限模糊了，在漫长的年岁之后，在湖水的涤荡之下，外来的小伙子，终于成了"东湖人"，成了为东湖发声的人。这一片大湖包容着所有来到这里的人，并最终将他们的心留了下来。

"我就知道你一直记着那天的事儿，所以每次碰见了，你都不拿正眼看我，还总是见我就数落我。"

程毅笑着埋怨。虽说是埋怨，但他从心里想和青青解开这个心结。

"但是青青，说句良心话，我真的后悔，那天不应该嘲笑你说的话，不论赤土村的名字由来是不是真的，有这样一个故事传下来都是件值得村里人骄傲的事情，就像每个人心里都有一个故乡，那是一种寄托。"

程毅觉得赤土村村名的传说就是村里人的一种寄托，这寄托就像靠着墙壁站立而产生的那种踏实感，让人觉得一切都结实得足以抵抗外面世界的狂风暴雨。

"要说数落你，那倒谈不上，不过小张新闻稿那件事情，确实冤枉了你，都是徐玮自己鼓捣的，你也是后来才知道的。但谁让你撞枪口上了呢——”

青青回忆着往事。那一次，程毅本来买了一箱咖啡饮料送给大家，算作对小张的补偿，但青青依旧不依不饶，又让他带着小张去超市买了一堆零食，想到这里，青青忍不住笑出了声。

“我们科室的人做的事情，那就是我做的，这不能推脱。”

程毅气定神闲地说着，不觉也回想起当初自己从超市回来，拎着两大袋零食的心情，那种心疼钱包空空的感觉到现在还记忆犹新。

“不错，有一种做领导的担当劲头了，反正这次出书的事情值得给你点赞，真是好主意，我当初怎么没想到呢？”

青青愤愤地念叨着，要说在东湖生活的时间她比程毅久，在建开办工作的时间她也比程毅久，可是在发掘东湖文化资源这一块，她反而没有程毅想得长远。

程毅笑着摇摇头，站在楼道的玻璃窗前，看着湖面对岸波浪起伏一般的天际线，不觉感叹这些年东湖发展速度之快，向青青解释着。

“当初哪有现在这个环境呀，大家铆足了劲光顾着修桥铺路盖高楼了，谁还顾得上搞文化的事情。不是有句话说得好嘛，‘仓廪实而知礼节，衣食足而知荣辱’，咱们现在已经过了那个粗犷发展的阶段了。”

“还真是你说的这个道理，想当年，咱们光顾建设了，一门心思向前跑，哪抽得出时间想其他事情呀。”

青青对程毅的一番解释很是认同。毕竟是经历过那个阶段的人，想当年，建设开发办公室的同事们最流行的一句话就是“五加二、白加黑”，一门心思地搞建设，想的就是让东湖大变样，变得更像城市，更像电视里面那些发达的地方，变得再不像原来的样子，可谁也没有多留心，原来“立新”也要“守旧”，于是就在开发建设中，丢掉了许多现在看来珍贵的东西。想到这里，青青不由得一阵唏嘘。

“现在大家观念变了，以前的老办法不能适应新情况了。”

“也不全是观念变了，还是环境使然。弯路走多了，自然就知道直路怎么走了，都是一步步逼出来的，用高主任的话说，就是现在不能一条腿走路，得多元化发展了。”

程毅想到高学明“决定面向未来的时候，真正给予我们迈步底气的，是我们共同的过去”的那句自言自语，仍旧觉得透彻精辟。

“行了，别在这里讲大道理了，你好好干，干好了接高主任的班。”

电话里传来青青铃铛一般清澈的笑声，无论在什么时候她总喜欢揶揄程毅两句。

听青青这样说，程毅连忙握紧了手机，头摇得像拨浪鼓。

“不敢不敢，你这就拿我取笑了。我可不敢跟高主任相提并论，我还差得远呢，我就想着等有了闲工夫，也像你那姑奶奶一样，做点儿收集整理的事情。我们都感叹她老人家真的是个奇人，奇女子呀。”

想到《湖·络》那个故事里凄美的文字，程毅不由得感叹。

“那当然了，我姑奶奶当年也是上过新学堂的，是女学生，思想先进着呢。”

听到程毅的夸奖，青青不免显露几分得意。

“你得给我讲讲你姑奶奶的事儿，我太好奇了，说不定什么时候我也写本书，专门给她做个传记。”

程毅突然来了兴致，忍不住打听。

“哈哈哈，行，我替我姑奶奶先谢谢你，你可得说到做到，等我回单位再给你细讲她的故事，我现在天天得看着孩子，没这么多时间。”

电话那端，传来孩子睡醒后咿咿呀呀的声音。

“你快忙，什么时候做手术呀，我听刘姐说孩子满月就做，这满月都过了呢。”

程毅关心地追问。

“快了，这几天吧，得等医院排床。”

“那就祝你一切顺利，早日返回工作岗位，没人数落我，我还想念呢。”

程毅嬉皮笑脸的语气隔着手机也能传得老远。

青青爽朗地答应着。

“行，随时监督着你，你可得给东湖看好家。”

程毅笑着又和青青贫嘴了两句，便挂掉了电话。

窗外，太阳照在树杈上，光线高远而明亮，浑然不似冬日里的阳光那般温暾而短暂。

此时，虽然还未到春暖花开的时节，但春天的气息已经到了，每个人都能感受到这种大地的气韵，蠢蠢欲动，又欣欣向荣，一切都与冬天不同，万物都有种蓄势待发蓬勃生长的劲头，像是潜藏着某种喜庆的预兆。也许下一时刻，就会有一朵春花绽放在枝头，这种笃定不是盲目而来，而像是等待一件必将发生的事即将发生一般。

东湖的湖面早已融化，波浪银鳞一般抖动着，程毅有时候会恍惚觉得湖水其实并不是一种普通液态的、流动着的东西，而是近乎油的状态，黏稠地涌动着。路过的人只需要看一眼，便会被那潜藏着的富足与充盈打动，觉得湖水有一种神性，莫名地觉得崇高起来、膜拜起来、敬畏起来。

结束了与青青的通话，程毅终于长舒了一口气。他回想起当年自己那莽撞的一笑，终于不再懊恼，反而觉得顽皮而有趣，这也许就是释然吧。当一个人想要与自己和解的时候，空气里都弥漫着释然的味道，随时令人想要仰天大笑出门去。

程毅推开楼道里的窗户，有风吹进楼道，打在脸上，麻酥酥的，但的确已经不寒冷了。为《东湖民间故事汇编》写序的事情，程毅决定不通过电话沟通，打算亲自登门看望下魏书记，毕竟新市镇离东湖建开办的办公地点并不远。说做就做，程毅关上敞开的窗户，准备回办公室取车钥匙。

脚步穿过长长的楼道，程毅转头看向办公区一侧，发现人们都在忙着自己的事情，仿佛春日里的蜜蜂，劳作，飞舞，不知疲倦。

小张在王星的电脑前站得笔直，手里捧着一摞文件，正在和王星核对着稿件里的数字。程毅本想将小张调到办公室，负责文会工作，却不想青青突然休假，小张便承担了建设管理科的所有内业工作，程毅不好开口调人，只能暂时作罢。

王星指着屏幕上密密麻麻的数字说着什么，看到小张摇了摇头，他又拿出计算器，指了指屏幕上的数字，手指飞快敲打着计算器，最终将显示出的一排数字递到了小张眼前。小张恍然大悟一般地“嗷”了一声，连忙拿起笔，把那一排数字抄在了文件上。王星理直气壮地敲了敲显示器，语气里尽是得意之情。

“我就说不可能算错，你哥我也不是第一天搞造价。”

正在打电话的刘彬走过他俩身边，转头看了一眼，并没有理会，手机贴在脸上说个不停。他走过欧工的办公桌前，一个没留神，被欧工伸出的一只脚绊了一下，他踉跄着向前抢了几步，没有摔倒，一只手下意识地在身后挥了挥，示意欧工自己并无大碍，而后向楼道走来。

小张一边跟王星核对着数字，一边转头看了一眼欧工。

“欧工别老显示你的大长腿，快收进去吧，真的把人绊倒了我肯定向青青姐汇报。”

听到小张老气横秋的说辞，欧工忍不住晃了晃脑袋，一边笑，一边匆忙收回伸在外面的那只脚。但欧工总觉得就这么坐着有些不自在，便身子向后靠到椅背上，将双腿向前平展开。而后，他继续滑着手机屏幕，屏幕上几棵蒙古栎的照片被他放大又缩小，似乎在找着什么。

王金瑜也拿着自己的手机，走到欧工的工位，指着屏幕上的照片放大给欧工看。

“不用放太大，我眼睛还没花。”

欧工眨巴着眼睛，抬头看着王金瑜。

王金瑜自然知道欧工喜欢说笑的脾气，并没有理会他的话，不停追问着。

“所以你看是不是这个树种更高大挺拔？”

程毅身后传来急匆匆的脚步声，高跟鞋的鞋跟在瓷砖地面上轻快而富有节奏地咔嗒咔嗒敲着。程毅回头，只见娜娜一阵风一样从他身后跑了过去，跑进敞开着门的第三会议室，手一松，将那抱在怀里的一堆五颜六色彩带摊在了桌前，好像会议室里长出了一道彩虹。

维佳跑得没有娜娜快，跟在她的身后进了会议室，站在娜娜对面一侧，两个小姑娘一根根归拢着带子。程毅听到维佳哼着歌，他觉得这歌声既熟悉又陌生，好像曾经的某个时刻他也哼唱过，但无论如何也想不出歌曲的名字。

程毅看着会议室里忙碌的身影，不禁想到了刚刚通过话的青青。他刚来到东湖建设开发办公室的时候，青青也和娜娜维佳一样，在青春洋溢的年纪里有着风风火火的拼搏干劲。

他又咂摸着青青电话里的说辞，心里默念了几遍“东湖人”，觉得一阵热腾腾的气息涌上心头，也许，这就是归属感吧，曾经，东湖是那一代开拓者的诗和远方，现在，东湖更是这一代新东湖人的分分秒秒。正如同世界上许多伟大的事物一样，东湖并不只创造了自身的一波碧绿，它发展了所有与之相关的方方面面，虫子在大地上歌唱，飞鸟在树丛中穿梭，游鱼不时跃出水面，东湖人在这里劳作、休息，回想着一生中的湖水。

刘彬已经走出了办公区，看到程毅在楼道里面溜达，匆匆说了几句话便挂掉电话，伸出手拦住了程毅，快步走到他面前，打听起高学明的事情。

“高主任什么时候回来？我得跟他说说东湖路的事情。”

“明天一早，不是已经定好周六主任办公会了吗，他们党校考勤管得严，平日晚上是不让离校的，你要是有急事就给他打电话。”

程毅掏出手机，给刘彬翻看着日历。

自从参加党校培训后，高学明只能周末回到东湖处理建开办的日常事务。他会先将一个星期的事情梳理一下，而后，将程毅抱来的厚厚一摞文件补上签字，然后，安排下一周的工作，在这中间，还要穿插参加主任办公会，商量单位里面的重大事项，并做出集体决策。在高学明平日上课的时间里，那些紧急事项都是通过微信或是电话同程毅联系的。

每周六主任办公会的议题，都是程毅事先从各科室收集，报给建设开发办公室班子成员审定后，再由行政办起草会议议程，下发会议通知的。听到刘彬提起东湖路，程毅一脸疑惑地看着他。

“东湖路还有别的事情吗，难道不是等着开工了?”

听到程毅这样问，刘彬也觉得有些无奈，不禁伸手抓了抓头皮。很多次，刘彬都感觉自从负责建设管理科的工作后，他的头发越来越少了，刘露说这是心情焦虑导致的，但他不这么认为，他觉得头发之所以掉得越来越多，没有别的原因，就是工作上的事情千头万绪，哪件事情都要走脑子费精力，人不衰老才怪。

“哎呀，你不知道，我们干活的这边没事了，账房奶奶那关又过不去了。”

刘彬瞟了一眼正在和欧工核对工程量的王金瑜，一脸的无奈。

原本，刘彬同施工单位的技术总监从贵州回来后，带回来一套贵州那边的总包单位进行大跨度桥梁施工的经验，本想着借鉴到神龟亭一侧的道路基坑开挖中。经过设计单位、施工单位和监理单位各方研究，最终决定采用高压旋喷桩辅助钢板桩的支护方式对神龟亭周边两米宽的土层进行特殊支护，以确保道路管道施工时周边基坑稳定。

“这是我们区甚至是全市第一例采用高压旋喷桩辅助钢板桩的支护方式保护基坑周边古建筑的案例，施工总包单位虽然在盐碱地上没有过类似的施工经验，但是在贵州潮湿的土壤类型施工中积累了大量的数据可以参考，如果这次成功了，那么咱们就是全市的样板。”

刘彬将技术方案交到王金瑜那里，请她审核造价，看到王金瑜疑惑的眼神，他笃定地向她畅想着项目的远景。

最终，王金瑜带着王星两个人对方案审核了两天，又把那套方案放回到了刘彬的桌子上。

“不行，工程审计过不去，这是违规。”

对神龟亭施工提出的方案，再次被否定了，王金瑜依旧像上次否定古建筑保护队提出的施工方案一样，冷静地摇了摇头。

“程毅，我跟你说实话，我听王姐说完这话，我都感觉有点恍惚，这话跟几个月前，她否定老秦介绍的施工队伍时候说的一模一样，我现在都有点怀疑，他们审核造价的，是不是就会说这一句话。”

刘彬愤愤地向程毅抱怨起王金瑜。

“我听说，这施工方案是设计和施工一起商定的，连工程变更图纸都出了，怎么王姐找的设计，王姐自己还不同意了呢？”

程毅知道王金瑜在工程造价把控上严谨细致，但在神龟亭项目上数次态度坚决地以违规为理由进行否定，倒是让他大感意外。

“谁知道呢。反正王姐说了，这样重大的工程变更，已经涉及拆发包的问题了，增加的工程量和工程投资一定会是年底审计的重点，不能由我们几个人私下决定，必须走建设开发办公室班子集体决策程序。”

刘彬轻声嘟囔着，照着他的急性子，当然希望越早上主任办公会越好，早一天敲定方案，项目部就能早一天做好施工准备。年后复工，人、材、料都是一天一个价格，眼见着市场价格噌噌飞涨，加上项目工程量的重大变更，很可能最后结算的时候会大幅度超出预算。

“哎呀，王姐说的也没错呀，这是重大事项，要上会研究的。”

程毅听到刘彬的分析，觉得这的确是件大事情，施工方案的变更不上班子会，而是几个科室人员自行决定，的确是存在程序上的违规。刚想到这里，程毅突然明白了刘彬拦住自己的用意，眯起眼睛看向他。刘彬被程毅看得心虚，连忙左顾右盼了起来。

“哥哥，我才反应过来，你这是刨坑等我呢吧。这哪是等着向高主任汇报东湖路的事情呀，你这分明是等着我问你东湖路的事情。”

“没有，没有，我这不是跟你诉诉苦吗，我这前后忙里忙外的，结果因为决策问题，方案被王姐否定了。”

刘彬眼见目的即将达成，嘴角忍不住露出得意的笑意。

“不行，不行，这议题排不进这周的办公会了，下周的会再说吧，你这叫临时动议，哪能想增加议题就增加呢，集体决策程序也太不严谨了。”

程毅猜出刘彬想要明天在主任办公会里加上东湖路拓宽改造工程变更的议题，但临时增加议题并不是嘴上说说那么简单，他需要准备材料，并且把材料交给各个班子成员审阅，其中也包括在党校培训的高学明，而且时间太紧了，就还剩一个晚上的时间，想想都觉得头疼。

“我一会儿还有个重要的事情要做呢，我得去魏书记家里一趟，你这议题真的加不了。”

眼见着这事情程毅不肯松口，刘彬开始了他的软磨硬泡，他也知道，这么短的时间增加办公会议题，的确是给程毅找了个大麻烦，但是为了项目尽快推进，也只能麻烦自己的程毅老弟了。

“哎呀，老弟，你多辛苦吧，我这边等米下锅了，我跟你说，工程项目就是这样，都是急火火的事情，设计单位加班加点把变更图纸赶出来了，总包那边也是等着咱们敲定方案，他们好让总公司出报价呢。”

“这不行，主任办公会的议事规则都已经发给各个科室了，怎么能够随便破例呢，人家别的科室该怎么想。”

程毅故作镇定，开始虚张声势地打着官腔。

他当然知道工程建设的特殊性，肯定是为了赶在周六上会，给设计单位规定了图纸完成的关门时间，他更知道以刘彬的性格，若不是十分紧要，也不会向自己张口要求破例。但是，程毅还是想要吓唬刘彬一下，以免他以后依旧这样临时增加上会议题。

刘彬见程毅的反应，就知道事情已经成了十之八九，语气也变得轻快了许多。

“老弟，老弟，帮哥哥这个忙吧，哥哥也是没办法，这不给你添麻烦了嘛，但我知道，程大主任肯定能帮这个忙，你受个累辛苦辛苦吧，你看看我们科的弟兄们都等着这个项目早点定下来呢，大家伙儿好去干活儿。”

刘彬这一声辛苦倒是没有说错，为了能够赶上周六的主任办公会，程毅亲自指导小张编写了上会材料，又让行政办的同事装订打印，打印完成后，程毅带着材料找到每个班子成员，说明议题内容，又解释了临时上会的原因，然后收集各位班子成员的意见，立即对上会议题进行了修改，最终拿着定稿的议题准备传给高学明的时候，已经是晚上七点半了。

程毅拿起手机，刚要拨通电话，却看到几个未接来电里老秦占了三四个，他本想先向高学明汇报主任办公会的事项，但又觉得老秦这么着急打电话找自己不像是约着钓鱼的闲事，便还是先回拨了他的电话号码。

“程毅老弟，我记得年前你跟我提过神龟亭的事情，你还记得吧，我问问你，你们拆完了没有？”

老秦也不多做寒暄，接通了电话就直奔主题。

一听老秦询问神龟亭平移的事情，程毅突然来了兴致，言语里不乏几分得意。

“当然不能拆了，这是我们东湖的老建筑，不管咱们文物管理部门怎么认定，反正我们建设开发办公室就是要把神龟亭作为文化传承保护下来的。不瞒你说，我们保护方案都定下来了，专程带着专家去外地‘取经’回来，就为了既不耽误修路，也不耽误老建筑保护。”

想到老秦之前对神龟亭的态度，他故意提高了语调。

“领导们已经决定了，神龟亭不光要保留，还要把东湖路的绿化带同神龟亭周边的绿化结合起来，设计成景观公园，这以后就是外来游客进入东湖所看到的标志景观了。毕竟，家有一老，如有一宝，神龟亭是我们这里公认的北宋文物，可不能因为修路就毁在施工机械那里。”

他明显加重了“北宋文物”这几个字，心里想着，不论老秦他们文保所怎么认定神龟亭的年代，反正修路是东湖建开办在修，当然是以东湖人的意见为准，反正这么多年了，大家都把神龟亭当作古迹，自己这样说也没错。至于后续的景观公园建设意向，他自己也是从刘彬和王金瑜那里听了个大概，但他觉得神龟亭周边的确应当加强景观设计，就像西湖边的众多景点一样，有故事、有风景，就是个好地方。

老秦耐心地听着程毅把神龟亭的后续安置说完，便有些为难地对程毅说起自己这通电话的目的。

“老弟，我给你打电话就是说神龟亭这个事情，总体来说，事情比较紧急，而且和我们文保所对神龟亭的前期判断并不一致，市里面正在要求我们打申请，估计这一半天就会批下来——”

“难道神龟亭要被你们列入文物保护范围了吗？你看看，我就说这么个老建筑，不列入保护名单怎么行呢？这的确是你们工作不严谨的地方。”

程毅喜出望外，迫不及待地打断了老秦的话，追问着。

“不是，和我们的前期预想不一样，神龟亭必须得拆，而且拆除的文件很快就会下来，市里面正在等着我们的申请，收到申请后会抓紧审批。”

老秦的话声音不大，语调也不高，但却像炸雷一样，彻底把程毅炸蒙了，就像当年他用鞭炮做烟花时候炸响的那个“土炸弹”一样，一切都突如其来，又出乎意料。他反复向老秦确认，得到的都是同一个答案，他似乎不得不接受神龟亭马上要被拆掉的事实。

“不是，你说的是拆神龟亭?”

“对。”

“这不对呀，东湖路拓宽改造工程是我们东湖建开办的工作，你们文保所为什么要干涉?”

程毅终于厘清了思路，开始询问原因。

“没错，本来这事情我们不干涉，但是现在是市里面要求我们文保所对神龟亭进行拆除。”

“那市里面总得给我们一个理由吧，我们打算把神龟亭作为东湖发展的软实力进行宣传的，市里的文物部门也不能无故干涉区域发展吧。”

“这事情在电话里一句半句跟你解释不清楚，我今天给你打电话也是私人关系，因为你上次找我要了文保施工队的电话，我怕你们一通忙活白花钱，到时候我们还得过去把神龟亭拆了。”

老秦也是好意，今天的电话只是善意提醒程毅。但程毅似乎并不买账，忙不迭追问着老秦。

“这不行呀，老哥，你跟我私下说这个事情可不行，这么大的事情，就算你跟我说了，我也得跟我们领导汇报，我跟你说，我现在手上就拿着明天我们主任办公会的上会材料，是关于神龟亭的，如果你们要拆掉神龟亭，那我们明天的会议也没有什么决策的必要了呀。”

“哦，这个你放心，我还得去找你们高主任正式说明这件事情。”

“老哥，我们高主任在党校学习呢，他每周末才能回来一次，要不，我请示下高主任，你明天就跟他汇报吧，周一到周五他们是封闭培训，你不一定能见到他。”

程毅的催促反而让老秦非常欣喜，他几乎是立即答应了下来。

“那太好了，这事情越快越好，毕竟市里面文件下来，我们就得进行拆除了，早一点儿跟你们领导汇报，也好让你们东湖建设开发办公室有个准备的时间，毕竟，拆除时，还需要你们单位也在现场的。”

挂掉了老秦的电话，程毅还是没有从震惊中缓过神来，他感觉神龟亭就像是蹦蹦跳跳的孙悟空，就算是变换了多种花样，也没有翻过老秦的五指山，更没有改变即将被拆的命运。

由于事关重大，程毅顾不得周六的主任办公会，直接打电话向高学明汇报了这个情况。高学明听了也是满满的疑惑，弄不清为何文物部门要插手神龟亭的事情。

“老秦说电话里一句半句说不清楚，非要当面跟建开办的领导说，我已经告诉他您在市委党校培训的事情了，但是老秦觉得越快越好，恨不得现在就跑去党校跟您见一面。”

程毅将老秦的意图转告给高学明，并表明了老秦坚决的态度。

“反正听他电话里的意思，这事情挺急的，而且还没有缓和的余地，神龟亭必须要拆。”

高学明犹豫了片刻，便向程毅安排明天的见面。

“那这样吧，你通知各位领导，周六的主任办公会延后半小时，早上让老秦来办公室，咱们听听文物保护所的意思，主要是听听为什么突然间要拆除神龟亭。”

“我也是不明白，我马上把会议时间调整的事情告诉给各位领导，然后安排老秦明天一早进行汇报。”

程毅不忘自己带着行政办一下午辛辛苦苦弄出来的劳动成果，接着对高学明说着。

“另外，建设管理科新增了一个议题，他们想要用新的施工方案进行东湖路的管道工程，我等下把材料传给您，还是明天一早给您？”

“你糊涂了吗，神龟亭都要拆了，东湖路的拓宽改造事项一时半刻也定不下来呀。”

高学明叹了口气。他怎么想也想不出文物部门插手神龟亭的原因，心中不免有诸多疑惑。

“文物保护，不是应该保护吗，怎么开始拆东西了？”

程毅没有把老秦电话里说的事情告诉刘彬，也许在不知情的情况下，他能睡个安稳觉。而程毅自己，却从来没有像现在这般迫切地希望听到老秦的声音，这一晚，他失眠了，在疑惑中等待着第二日的太阳升起，和一个答案的揭晓。然而，夜晚，其实与程毅毫不相关，盼也是这样，不盼也是这样，慢慢悠悠地走过，不会因为心里的焦急，而立时与白天变换一下位置。

第六章

表哥的十六根金条

周六大雨，漫天黑云密布，雨水倾泻而下，硕大的雨点子打在玻璃窗上，啪啪响着，随后变成长长的一串水迹。

东湖的湖水被从天而降的雨水覆盖着，仿佛一个老实的碗，默默承接着天空散落的一切。乌云始终不肯转移战线，沉重地从天空中压了下来，似乎在等待着一种力量，将自己也装进碗里，然后看着日月星辰轮流环绕着它们。

“太离奇了，太离奇了。”

程毅将老秦带到高学明的办公室，他的屁股还没坐定，便不住地摇着头叹息。

程毅给他倒了一杯水，老秦也不客气，试了试水温正合适，便咕咚咕咚一饮而尽，然后一抹嘴，继续发着感叹。

“真是怎么想也想不到，这是无论多么高明的小说家也编不出的事情呀。”

说着，他从随身携带的无纺布手提袋里拿出一沓白纸打印出的照片，递到了高学明面前，翻着给他看。

程毅凑到办公桌前，抻着脖子张望。这些老秦拿来的照片里，都是一张张手写的材料，似乎写在了黄麻纸上，蓝黑色的钢笔字迹又小又紧凑，如果不是凑近仔细看，便只能看到密密麻麻一行行小字，根本无法辨认内容。而有些照片里，写满字迹的纸张已经破损严重，卷着毛边的纸页留下了弯曲的边缘，看不到卷曲部分被遮住的文字。

程毅又凑近那些照片，看了半天也看不清究竟写的是什么，抬头看看高学明，见他也是眉头紧锁，便好意提醒老秦。

“这照片都是什么呀，你别卖关子，长话短说，到底是什么事情这么离奇？”

“好，好，程毅老弟。”

老秦指着其中一张白纸上打印的照片，面露得意之色，说道。

“年前，市里开放了一批解密后的机要交通战线档案，我也有幸参与到档案整理这项工作之中，在这些档案里，我发现有一些与东湖相关。”

“就是这些吗？”

高学明看了看那一沓印着照片的纸，又看了看老秦。

老秦点点头。

“不错，有了这些珍贵的资料，就可以证明在当年钱袋湖，也就是现在的东湖，周边有一条我党的地下交通线。由于档案不能带出，我便申请将部分档案拍摄了下来，用于我区进行机要交通战线的历史研究，你们现在看到的这几张照片，也可以说就是属于东湖的红色记忆。”

抗日战争爆发后，为支援根据地发展，党在各地建设了地下交通站，用以进一步开辟中国共产党的隐蔽战线。地下交通站按照垂直领导、单线联系的规定进行分级设定，设置交通总站、大站、中站以及小站，这些遍布大地上的红色枢纽，在革命斗争中起到了承上启下、联络各方的重要作用。

“在当年钱袋湖周边村落也潜置着一条不为人知的地下交通线，随时为共产党、为革命事业传递着秘密情报、物资供给以及转移运送特殊人员，经过解密，我们现在知道，承担这一特殊任务的是在赤土村联系点的小站站长肖长青。”

老秦翻动着递给高学明的那一沓照片，翻到那几张边缘破损的纸页，便抑制不住内心的激动，将几张纸放在心口窝。

“这就是肖长青站长的工作笔记，有了这些记录，就能够还原当年的一段红色历史了，也证明了东湖周边的村子是具有红色传统的。”

“用什么还原，就凭这些纸？”

程毅看了看老秦，又看了看高学明。

老秦将这些照片在程毅面前晃了晃，不管不顾地赞叹着。

“这可是珍贵的老档案了，要不是过了解密期，这段历史还在市档案馆里接着土呢。兰台遗珠，兰台遗珠啊——”

接着，他开始自顾自念起纸上的记录。

“一九四一年，抗日战争进入了白热阶段，民族危亡之际，我辈必将奋不顾身，以民族大义为念。此时，组织上任命我为钱袋湖地区的联络员，负责物资、人员转运工作。为方便转运工作开展，更好隐藏身份，经组织批准，我与钱袋湖当地永和村村民韩秀芹结为夫妻——”

“单凭一本记录就能认定这段历史会不会太武断了，你之前不是跟我说吗，考古这行不能听故事，听了故事容易影响判断。”

程毅忍不住打断老秦的阅读。

“我们已经进行了调查，组织上核实了肖长青站长的党员身份，而且在一九四四年，他的爱人韩秀芹也被批准成为中共党员，入党介绍人就是肖长青同志。从那之后，夫妻二人一起成为党的地下交通站线工作者。这可不是讲故事，这是响当当的历史。”

老秦一本正经地回答道。

一直一言不发的高学明，翻着老秦拿来的文件，目光定格在几张账簿的照片上，上面密密麻麻地写着各种药品、器材和生活用品的名目，他忍不住向老秦询问。

“这些就是他们转运物资的清单吗?”

老秦凑过去看了一眼，点点头。

“没错，是清单，但不是全部，您看到的只是一小部分。”

“你说的这些和神龟亭有什么关系呢，难道说神龟亭就是他们交流物资的地点吗？如果这样，神龟亭更应该保留下来呀。”

高学明皱眉，他看着老秦，从他的讲述中，自己实在猜不透老秦的心思。

老秦托了托厚底眼镜，心里似乎明白了高学明的疑惑，他的手指从那张账簿的照片划过，声音里充满了对专业技术的自信。

“那我就长话短说，在整理这些档案的时候我们发现，这里面的一些贵重物品由于物资转移的安全需要，被埋在了神龟亭的下面，我们需要开挖神龟亭，找到这些东西。当然，关于这段红色历史的质疑还是存在的，其中就包括这些记录的真实性，所以一旦东西找到了，就会打消所有的质疑，从而验证这段发生在东湖的红色历史。”

老秦说这话的时候，冷不防看了程毅一眼。

程毅突然想到刚刚自己对那些档案的质疑，隐约觉得自己的话或多或少引起了老秦的不快，他特意向老秦重重地点了点头，以示自己的确在认真听着他的讲述。

看到程毅的回应，老秦又将话题转了回来。

“当然，普通人的质疑也是人之常情，毕竟是隐蔽战场上的事情了，有的时候口说无凭，还是需要参考佐证，这也是我们文物保护单位应尽的职责。”

“年前，建设开发办公室专门请教过文物部门，神龟亭的石材构建方式比较特殊，不知道你们这次开挖，会不会影响到建筑的结构，毕竟，神龟亭立在湖边这么多年，周边村民虽然已经撤村搬迁，但都在关注着这里的一砖一石。”

高学明的语气看上去气定神闲，但话里话外的意图却很明显，在神龟亭是否保留的问题上本就诸多波折，现在施工方已经拟定了保留方案，突然间被文保部门推翻，不论是谁当然都觉得有些恼怒。

“我们已经申请市里的文保专家进行会商了，一切要看挖掘的进展，如果能够保留神龟亭最好，如果不能保留——”

老秦顿了顿，不觉攥紧了手中的文件，他目光坚定地迎向高学明的探问。

“当然要以红色文物发掘为主。不过，高主任请放心，一旦影响了神龟亭的主体结构，专业的古建筑队伍也会在最大限度保持原貌的基础上进行修复，这点我相信您也很清楚专业施工队伍的实力，不然也不会让办公室的工作人员联系我们讨论神龟亭的保护问题。”

“话是这样说没错，但是当初可是老哥你一力主张拆除神龟亭的，你这立场可真是长久不变。”

程毅继续小声嘟囔着。

“老哥，东湖这边当然希望保护这个老建筑，这也是东湖多年来积累下来的文化，现在你们说拆就拆了，我们可是舍不得。”

老秦理解程毅的心情，但还是摆了摆手，认真地给他做着解释。

“你所想到的神龟亭整体拆除，当然是所有结果中最坏的一种，我已经说过了，要看挖掘情况，我们当然希望能够在不破坏建筑本身的情况下进行挖掘，但是涉及文物埋藏位置、埋深程度，必须做好应对一切可能的准备。”

“那有没有一种可能，就是文物找到了，同时也没有破坏神龟亭？”

程毅再次追问。

“不排除这种可能，但是从目前各地对埋置在地下的文物发掘工作案例来看，这种可能性极低，毕竟，保护待挖掘物才是这次工作的重点。”

见程毅满脸失望，老秦犹豫了一下，继续说着。

“不过，就算是这种结果下，开挖神龟亭，找出埋在下面的革命文物线索也是必要的，这种必要性不是我们区一级文保单位能够判定的，市里面的文件很快就会下来，我只是提前和东湖建设开发办公室进行沟通。同时，也请贵单位在此期间配合我们做好神龟亭的现状保护，毕竟神龟亭下面埋着文物的消息一旦被外界所知，现场的保护就必须提上议程，这点我们也会联系公安部门协助。”

程毅还想争辩几句，却被高学明拦了下来，他将手中的文件整理好，递到了老秦面前，依旧笑眯眯地看着他。

“我们始终相信专业的人干专业的事情，文物的事情我们不懂，如果市里面的确有文件要求，东湖建设开发办公室一定全力支持配合，不知道文件什么时候会来，我听你的意思，在这期间，是不是东湖路拓宽改造项目需要停工呢？”

“当然。”

老秦点了点头，给出了个肯定的答复。

高学明拿起手机，翻看了下手机日历，向老秦表达了自己的顾虑。

“东湖建设开发办公室一定全力配合文物部门的工作，只是希望你能多方协调，尽快拿到市里批文，毕竟工程项目延期是大事，拖延几日也许可以通过重排工期赶上进度，但要是延期久了出现窝工，不只项目资金被浪费，整个工程的完工时间也会受到影响。”

明白了高学明的顾虑，老秦拍了拍胸脯，保证着。

“这点不需要高主任嘱咐，周一一早我就会去市里面盯着文件的审批进度。”

想到未来将要开挖神龟亭，他突然眼中放光，一脸激动地憧憬着。

“如果这件事情坐实，那么咱们区便又发掘出一处珍贵的红色遗迹，这可是改革开放以来的第一次呀，我们文保所这边领导们也是高度重视，实不相瞒，在我发现这些珍贵的资料之后，所里的领导以及局里的领导们已经数次前往市档案馆和市文旅局沟通联系工作了。总体来说，市里面对这件事情也是相当重视的，这次发现的意义，绝对不亚于咱们区唐代遗址的发现，甚至更具有赓续红色血脉的传承意义。”

高学明点了点头，一边说好，一边看着时间，已经到了主任办公会开始的时候，便收拾东西准备去开会，临走时，他不忘向老秦多说了几句。

“最近一段时间，东湖建设开发办公室正在转变区域经济发展的思路，我们搞经济建设，也应该重视历史人文的传承，如果发掘顺利的话，还请秦老师把这些内容整理出来，不只我们建开办的同志们要好好学习、了解这段历史，更应该把这段历史宣传出去，达到红色精神传承的目的，如果可能，我们希望你能够帮忙协调，在东湖地区建立一座红色教育基地，让这段红色历史活起来、动起来。”

听到高学明这样说，程毅“哦”了一声，迫不及待地感叹。

“主任果然高瞻远瞩，这可真是个好主意呀，有了这样厚重的红色历史文化宣传，咱们东湖的发展肯定更上一层楼呀。”

高学明无奈地摇了摇头，笑着打断他。

“你看看，你看看，文物部门还没有最终定性的事情，你倒是着急起来了，当务之急应该是你尽快把这件事情通知刘彬，让他安排好施工现场，建开办要最大限度地配合区文物部门的工作。”

“是，我现在就给他打电话，告诉他这件事情。”

“我先去开会，你跟着秦老师详细了解下肖长青同志在东湖的事迹。”

安排完程毅，高学明便拿着笔记本匆匆赶去开主任办公会了。

高学明走后，程毅将老秦带到了自己办公室，忍不住打听档案的事情，他好奇地看着老秦带来的材料，上面密密麻麻的繁体字让他几乎看出了老花眼，仍旧是辨认不全，他忍不住摇头向老秦抱怨。

“老哥，我实在看不懂，你给我说道说道，到底你们要挖什么宝贝？”

老秦拿过那沓文件，翻找出那几张账簿，指着名目，给程毅念叨着。

“你看这几笔账，一九四八年八月，转移黄金四十两，银圆五十二块；一九四八年九月，转移黄金三十六两，银圆无；一九四八年——”

经过老秦的辨认，程毅突然发现了问题，再次打断他的话。

“老哥，不是说转移物资吗，怎么没有物资光有金子银圆呀？”

老秦嘿了一声，觉得这个问题程毅问到了点子上，他便又翻出肖长青的工作记录，找了一页，指着上面的记录，如实念着。

> 济南战役打响后，国民党加强了对大城市的封锁，前方药品短缺，冬储粮食转运停滞，一时间物价飞涨，我收到上级指示，需要将银行汇票转为白银黄金这样的硬通货，并交给下线齐耀天，让他联络黑市兑换药品物资等应急品，运到前线支援。
>
> 接到指示后，我和芹深感任务艰巨，一方面前方战事紧急，我们深知，必须在短时间内完成组织交给的任务，尽快将金银交给下线周转，另一方面转移资金数额巨大，与我们潜伏的农户身份不符，极易引起警察局方面的怀疑从而暴露身份。思量再三，芹提议找邻村表哥帮忙，认为

表哥家境殷实，为当地富户，往来钱款必不会引起怀疑。

对于向表哥透露身份一事，我起初并不赞同，但考虑当前形势紧迫，且并无其他可行之法，眼见革命曙光正在前方，值此千钧重担系于一身之时，我辈怎可贪恋生死，最终决定拼死一试。时，我夫妻深知此举风险巨大，稍有风声走漏，都会带来极坏恶果，因此，芹决定独自前往，若不幸表哥倒戈告密，她便一人承担，绝不连累组织暴露，而我亦将此打算告知上线同志，得到上线同志批准。此举虽是铤而走险之策，但却是此时唯一选择，眼见革命胜利在望，我辈必当忘死无畏。初九日，与芹分别。

“后来呢，表哥同意了吗？”

听着老秦念起肖长青的工作记录，程毅也忍不住记挂着夫妻二人的安危，连忙追问。

表哥得知芹已秘密入党，深感错愕，又闻听芹所提出转运金银的请求，一时间难以抉择，一连三日，表哥未予答复，芹心感不妙，而我亦因在家中等待无果，趁夜偷偷前往表哥家中打探消息。几日来，表哥家中安宁无事，我猜测，若表哥决定告密，一定不会等待数日，或许个中仍存犹疑，于是决定壮胆一试，当面说服表哥协助转运物资。我于行前藏短刀一柄，以备不时之需，遂于当晚与表哥会面。

“秀芹生性胆小，久居村中，必不知进步思想为何，定是有人从中极力灌输，如果我猜测不错，此人必定是你。”见我前来，表哥逼问。我见状自觉天地坦荡，且我辈投身革命，只为新中国之理想献身，更无须隐瞒，便如实相告。表哥听后热血沸腾，当即答应以自家财产变卖为掩护，协助我办理相关金银转出业务。自此刻，向前方转移物资的一条交通暗线顺利搭建。

此后半年的时间内，表哥通过票据兑换等方式，将我党在银行、票号中存入的资金转为金条银圆等带出，由我交与齐耀天，兑换实物后再转交上线，辗转运往前线。其间，表哥向我郑重提出加入中国共产党的申请，并撰写入党申请书一份，但被组织充分考虑后驳回，组织上认为，以当前身份更方便表哥为党开展工作，我便将申请书暂存，以待时机合适介绍表哥正式入党。

“表哥真的是个无名英雄呀，在那个情势下，毅然投身革命工作。”

听到事情始末，程毅忍不住感叹。

老秦不住点头，他又翻出几页照片，指给程毅。

“这是你们高主任刚刚看到的，表哥不只是协助转移资金，这个账簿上还记录了自一九四八年三月起，这条以肖长青为站长的地下交通线协助我党为东北战场转移药品、消毒器材以及搪瓷水杯等物资的情况。”

程毅看着老秦手指的那些蓝黑色的字迹，心中不觉升起一种神圣感，对这条战线上的无名英雄们充满着无限的崇敬之情。

“想不到东湖这片土地还潜伏着这样一支地下党队伍呢。”

程毅看着老秦，眼神中依然充满了疑问。

“那么这又和神龟亭有什么关系呢?”

“其实仔细分析当时的形势就能知道，这样一条地下交通线在半年时间里如此密集、频繁地向前方输送物资，一定会引来地方警察局的关注，所以在一次转运过程中出了大事。这个事情，在肖长青的记录中也如实记下了。”

说着，老秦抽出了文件的最后面几页纸，继续读了起来。

平津战役打响后，前线物资需求量加大，黑市上更是物价飞涨，国民党当局对我地区的封锁尤为严厉，开始大肆搜刮民脂民膏，甚至采取了经济封锁的方式，停止银行汇票的兑换。我们面临无钱可兑的境况，眼见革命胜利即在眼前，万不得已之下，我贸然决定违反“垂直领导，单线联系”的规定，将芹的表哥和我的下线齐耀天约到住处，商量如何应对当前的物资转运困难，顺利将物资送往前方。

齐耀天首先告知我们，近几日，黑市上会有一批美国产的消炎药品，但要价奇高。我询问表哥可否向银行疏通关系，先放出一部分钱款，用于购买药品，支援前线战事。但表哥不住摇头，对我的提议予以否定。依照表哥判断，重庆那边已经明令禁止兑换，若现在急着把钱兑出来，无异于以身犯险，而且得不偿失，极有可能暴露身份。据他观察，国民党当局每日都有特别行动人员在银行周围秘密监视，守株待兔也未可知，只等我们自投罗网。

听完表哥的话，齐耀天忍不住表态，以目前形势观察，现在当局盘查极为严格，黑市上交易都非常谨慎，常有人被带到警察局里面进行盘问。但长期与他交易的人员仍旧可信，若是他也被抓起来，就算是拿出真金白银，他也无法保证能够买到货真价实的物资，所以建议我们尽快筹集钱款，以便购得消炎药品运往前线。

关键时刻，芹想到了一个方法，她要卖掉自己家里的田地，用这笔钱垫付货款。这一提议被表哥当场否定，表哥考虑现在时局兵荒马乱，在不知晓战场最终结果之前，一定无人愿意接手他人的土地。就在大家一筹莫展之际，表哥毅然表态，他愿意将家中黄金无偿捐献给党组织，用以投入革命事业。

“想不到，表哥竟然愿意把自己的钱捐出来。在那个时候下意识地做出了这样的选择，实在令人佩服。”

听到此处，程毅瞪大了眼睛，目光中有无尽钦佩之情。

老秦指着账簿上一串用朱红的线条圈起来的字迹，向程毅讲明。

“按照肖长青的记载，这次捐款共计金条十六根，金元宝五锭，以及白银五十两。在那样一个年代，表哥几乎捐出了自己的全副身家，在大义面前，他首先放弃了自己的富贵荣华，的确让人佩服，这也是令我们文保所的同志们无限唏嘘的，所以我们无论如何也一定要找到这些东西，为这位无名英雄正名。”

程毅不解，连忙追问。

“为什么要找出来呢，难道这钱最后没有捐出来？”

老秦叹了口气，压低声音说着。

“捐是捐出来了，但是中间出了意外，这笔钱并没有交到党组织手中。”

说完，他看着手中的文件，不禁陷入了沉思。

十五日月圆，我与齐耀天约好在钱袋湖神龟亭外进行交接后，便只身前往表哥家。我已下定决心，这次事后，务必要说服组织同意表哥加入中国共产党，于是随身带着他的入党申请书，准备同金条一起呈递给组织。

不料，刚进村口，我便看见表哥家高大的门楼挂着白幡，走到近前才知道他的父亲吃过晚饭后便与世长辞了，突如其来的变故让一家人慌了手脚，院子里人来人往，忙着张罗丧事。我快步走进灵堂，正见到表哥在灵前掉着眼泪，我忙按照辈分，跪地给老人行了大礼。表哥将我拉到一旁，从供桌底下将白布包着的箱子递给我，因为数额巨大，他本想同我一起去与齐耀天交接，但家中突遭变故，便将金银用白布包好，让我携带而出，权当是丧仪物品以掩人耳目。

自此，我与表哥暂行告别，匆匆前往神龟亭交接地点。不料当晚，我在神龟亭处苦等齐耀天至约定时间已过，依然没有见到他的踪影，心中就有不祥之感。我当时极度恐惧，担心如果齐耀天被捕，将或导致芹与表哥身份暴露，从而失去整条地下交通线。此时，我异常后悔，不应该违反组织纪律，破坏“垂直领导、单线联系”的规定，现在想来，组织制定这样的规定，正是为了保护更多同志们的安全。由于齐耀天久等不至，我又记挂芹与表哥之安危，遂决定携带钱款，回村打探消息。

突然间，土路上跑来一人，披头散发、又哭又笑，听声音应当是名女子，一路上喊叫着“天灵灵、地灵灵，警察抓人了”。我被吓出一身冷汗，再不敢探身张望，连忙躲到神龟后面，隐约感觉此人在神龟亭前面开始撒泼打滚，一时间哭闹不止。恰逢此时，我听到远处又跑来几人，小心张望，认得其中一人为警察局恶棍警察名叫狗皮膏药。

我当即猜想，齐耀天已经暴露，这些警察来此专为抓捕。就在我犹豫着要跑还是藏的时候，就听见那姑娘开始坐在地上大笑，嘴里还喊着“坏人，坏人”，然后抓起一把土，向跑来的警察们扬了过去。其中一警察破口大骂，对姑娘一阵打骂，问她有没有见到共产党，那姑娘把口水抹在了警察身上，说了句“那边有坏人”，警察们顺着她指的方向追了过去，还不忘骂了一句“傻子”。他们走后，那姑娘仍旧在神龟亭前面又唱又跳，哭叫了许久，才一溜烟跑走了。

时至今日，我也不知道那个姑娘究竟是谁，但是我总觉得她应该是在帮我，又或许，这只是个巧合，她就是个傻子。毕竟村里有丧事都是全村人出面帮忙，也许就是那一晚家里没有人看着她，才让她跑了出来。当时，我来不及多想，芹还在家里等着我，如果出了事情，芹也要及时撤离，想到这里，我掏出随身的短刀，在神龟亭下面挖了深坑，将藏有金银的箱子埋好，准备日后寻找。

此时，天已渐亮，我不敢多做声张，只想尽快赶回家中查看芹的近况，却不想在一处芦苇丛被人喊住，听声音像是齐耀天。我对了两声暗号，对方也学了两声青蛙叫，我走过去，果然是齐耀天正半截身子趴在水里，便连忙把他拉了上来。细问之下才知道，原来黑市的人出卖了他，他一路上都被警察局的人跟着，直到进了钱袋湖他才察觉，便不敢前往神龟亭，只能四下漫无目的地闲逛，盼着能甩掉盯梢之人。不想，天黑水滑，他跌进了湖里，跟踪他的警察见状便胡乱向湖里开了两枪，其中一枪打在了他的腿上，血水随着湖水流得很快。待我发现齐耀天，并将他拉上来时，他因失血过多，早已经奄奄一息。

我对于刚刚还在担心齐耀天挺刑不过，暴露组织秘密的猜测感到羞愧不已，事实证明，他就是党的好同志。“你快跑吧，警察已经四处在找你了。”齐耀天趴在地上，仍旧残存一丝气力，他催促着我，让我赶紧离开，可我此时不能丢下齐耀天不管，只想背着他去邻近的医院，谁知走了大概十六里，他就在我背上断了气。

我本想将他埋了，可谁知刚开始挖土，就听见身后有人，原来是同村的一个鳏夫，他看到我先是一惊，而后打探一番见四下无人，连忙冲我摇手，小声警告我："你快走吧，警察围着整个钱袋湖找你，秀芹昨天晚上也不见了，你们家被他们翻了个底朝天，你要是再不跑，就该被抓起来了。"

我还想向他打听下家里的情况，却被他推了一把，我听见远处好像有狗叫声不断，便只能丢下一切逃走了。后来，我按照既定的撤离路线来到沧州，并在这里做着如下记录，希望远在钱袋湖的芹与表哥一切安好。只是身在这乱世，谁又能保证家人平安呢，唯愿早日解放，人民终能不再颠沛流离。

"那后来呢，你找到芹了吗？"

程毅追问着。

"不是我，是肖长青同志。"

老秦皱眉。

程毅尴尬地笑了两声，连忙纠正着。

"对对，我说的就是肖长青同志。"

老秦叹了口气，将他的调查结果告诉给程毅。

"韩秀芹同志在国民党警察局对她与肖长青同志实施抓捕的当天夜里就壮烈牺牲了，而肖长青同志在沧州继续从事地下交通工作，在写完这本记录之后的一次任务中，他为了掩护其他同志，也死在了国民党特务的枪口下。自此，钱袋湖一线的地下交通站相关人员都牺牲了，这就造成了时至今日，无人提起这一段历史的境况。”

老秦的话让程毅感到一阵唏嘘，人生乱世，恍如漂萍，也许在一瞬间便会遍历人世，那些生死离别，那些悲欢离合，在大环境的变迁中明明存在着，却淹没于滚滚红尘之中。但他却突然像是想起了什么，追问着。

“那表哥呢，表哥不是没有死吗？”

老秦摇了摇头，语气中充满了遗憾。

“我想，表哥应该也是凶多吉少吧。毕竟新中国成立后，党组织数次征集机要交通战线线索，却从没有人提到钱袋湖一线，想来所有参与人员和所有知情人员都已作古了吧。”

见程毅低头不语，老秦连忙安慰他：“老弟，你也不要气馁，事情总有真相大白的一天，我跟你保证，我们文保人不会让这样一位无名英雄被埋没的，也许开挖神龟亭后，就能找到线索。你相信我，我一定会找到真相的。”

程毅点了点头，但意识仍旧沉浸在老秦讲述的这一段离奇故事之中。

见程毅想事情出了神，老秦忙挥了挥手，认真地交代程毅。

“程毅老弟，有个事情必须嘱咐你。所有我对你讲述的关于肖长青同志的事迹，以及开挖神龟亭的事情，请你务必控制知悉范围。”

程毅没想到老秦会叮嘱这件事情，连忙嬉皮笑脸地打着哈哈。

“哎呀，是这件事情呀，你放心吧，我只跟高主任汇报，我连我媳妇都不告诉，你放心吧。”

见程毅不以为意，老秦沉下脸来，瓮声瓮气地嘱咐着。

“这不是跟你开玩笑，毕竟这段往事还没被最终定性，我们必须对可能埋在地下的文物做最好的保护，避免在挖掘之前发生意外。”

程毅拍着胸脯，向老秦保证。

“你放心吧，我就只向领导汇报一下，毕竟你也听到了，是高主任让我找你详细了解下肖长青同志在东湖的事迹的。”

老秦点了点头，听到程毅的保证，他显然很放心。

“眼下，老弟你倒是还有一件事情可以做。”

程毅一时来了兴致，连忙问自己能做什么。

老秦不慌不忙地将他拿出的文件整理好，又放回了自己那个无纺布书包，然后一脸真诚地看着程毅，笑了起来。

“你可以把我送回家。”

说着，他看向窗外，大雨好像没有停下的意思，依然肆意地下着，春天里的雨很少有这样大的时候。都说春雨贵如油，这样一场透雨，想来一定会让庄稼有个好收成的。

“这一趟真够远的，多少年了还是这几趟公交，我早晨起来为了见到高书记，可是坐了第一班车来的。”

坐在程毅的车里，老秦忍不住抱怨起东湖的公共交通。

程毅也没否认，老秦说的确实不错，自己当年来东湖建设开发办公室报到的时候就坐的公交线路，到现在也没有调整。就算是玛雅主题公园落地以后，也只是增加了到主题公园的四条线，但是往返东湖各个居住区的公交线路十几年一直没有大的改变。

“老哥说得在理，东湖的公交线路早就应该优化了，每礼拜限号的时候，我都宁愿把车开到外环线等着过了限制时间再回家，也不愿意坐公交，太不方便了。”

“你怎么也在这里抱怨起来了，这不是你们应该管的吗？”

老秦也不客气，直接反问道。

程毅无奈地摇摇头，向老秦解释。

“话是这么说没错，但是公共交通线路的设置并不是建设开发办公室能够决定的呀，交通部门要充分考虑人口、商业、工业等因素，现在看来，东湖地区最主要的人员密集场所就是玛雅主题公园了，已经增开了几条到达公园的公交线路，后续想要再增加线路，还是要看人口需求的。”

“行吧，这我是听不明白了，但是得亏你今天送我回去，否则这么大的雨，我还要坐公交车，实在是受罪。”

老秦眨眨眼睛，似懂非懂地回话。

汽车驶过神龟亭，程毅发现周边已经被拦上了标志线，有几个工作人员打着伞在线外说着什么。

“不是吧，你们动作也太快了，这就给拦上了？”

“当然，这亭子下面可能埋着重要的红色文物，还是货真价实的真金白银，必须做好现场保护。”

老秦一本正经地对程毅说。

程毅无奈地摇了摇头，跟老秦掰扯起来。

“你刚刚还告诉我要控制知悉范围，现在可倒好，警戒线都拉上了，这神龟亭可是东湖的宝贝疙瘩，你现在围上了，过不了一个小时，电话就会打到东湖建开办，询问我们情况，我不是吓唬你，你们这样做很可能会有舆情风险。”

“你们本来就在修路，完全可以这样告诉居民。”

老秦对程毅的担忧一脸疑惑。

“哎呀，老哥，你忘了我们之前三番四次地向你请教神龟亭保护的事情了吗？居民们对于拆除神龟亭反应很大，有很多人都闹到了区里面，天天在‘区长留言板’上发帖子留言。”

“那也不可以透露这次挖掘工作的细节，以防有人抢先盗挖。”

听到老秦这样说，程毅有些为难地挠了挠脖子。

“老哥，这事情你真的别不重视，这和你们平时考古不一样，你们那是荒郊野地拉个警戒线防着盗墓贼，我们这里，神龟亭还是居民们日常的一个去处呢，必须得想一个统一对外的说辞。”

“这几天就会开挖了，不会耽搁太长时间的。”

老秦还在车里和程毅对付着，却听见程毅的手机铃声响了起来。

“你看看，来电话了吧，这肯定是有居民打电话问情况了。”

程毅举着手机在老秦眼前晃了晃，电话上显示着刘露的电话号码，他把车子停在路边接听了电话。

“程毅，神龟亭被拉上了警戒线，有居民来问情况，听说是文物局让围上的，这事情你听说了吗？”

电话里，刘露的声音有些焦急。

程毅看了老秦一眼，还在犹豫着怎么回答，却不想老秦向他招了招手，程毅便打开了手机的免提功能。

“刘科长，我是区文保所的老秦，警戒线是我们联系相关部门拉上的，后续还要麻烦东湖建设开发办公室协助我们做好解释工作。”

听到陌生的声音，刘露先是一愣，随即马上表态。

“秦主任您好，神龟亭为什么要拉上警戒线呢？”

“我们已经向市文物局呈递了申请，近几天就会得到批复，因为神龟亭周边涉及文物发掘，所以必须提前做好现场保护，你放心，批文很快就会下来，我们会尽快开展工作的。”

“这件事情，您与我们建开办的领导沟通过吗？”

“刚刚沟通完毕，高学明主任也非常支持我们的工作，因为涉及知悉范围的问题，我不方便向您透露更多细节，一切都以发掘之后的报告为准。”

程毅看着老秦，他从未想过，一向不修边幅的老秦回答起刘露的问题，居然这样正规正式。

“您的意思我明白了，只是我们需要以什么口径向居民答复这个问题呢？已经有很多居民打来电话咨询了。”

“您就说，神龟亭周边需要进行文物发掘，详细情况不方便透露，请居民关注新闻报道即可。”

“好的，我明白了。”

挂掉了刘露的电话，程毅一脸疑惑地看着老秦。

“你不说拆神龟亭的事情？到时候神龟亭拆了，我们还要跟居民解释。”

“你放心，人们都有猎奇心理，告诉他们要进行文物发掘，他们就不会追问神龟亭是否拆除，肯定都在打听到底什么东西埋在地下了。”

程毅将信将疑地看着老秦，老秦却努了努嘴，让他快点开车。

其实，程毅很喜欢送老秦回家，每次钓鱼归来，老秦都会讲许多他们考古圈的趣事给他听。今天虽然下着雨，但雨滴拍打着车窗，发出有节奏的声响，配上老秦一路上讲述的不少东湖的历史，别有一番韵味，就好像打开了一台老式的留声机，里面播放着唱片里带着沙沙声的评书。细听之下，程毅突然觉得整个东湖就像个宝库一般，有取之不尽的故事素材。

“你们那本《东湖民间故事汇编》编好了吗？局里已经把这项工作列为今年的重点工作了。”

老秦突然提起出书的事情，向程毅打听。

“已经在出版社审核着了。”

程毅突然想起了前一日和刘露商量让魏书记写序的事情。

“你这么一问，我倒是想起来昨天的一件事忘了做了，都是因为你说神龟亭要拆的事情，让我措手不及，我等下得打电话联系。不过，话说回来，如果能把肖长青站长的故事也编进去，那就完美了。”

“嗨，这有什么可遗憾的，可以再出第二部呀，民间故事多着呢，不必毕其功于一役，细水长流才是好的。”

老秦大方地安慰着程毅，又不忘叮嘱。

“你记得出了书，给我几本呀。”

“你们局里没有吗？干吗找我要，我这边也不富裕。”

程毅嘟囔着。

老秦伸了个懒腰，缓缓地给程毅算起了账。

“局里的那几本书还要分给图书馆、街道社区活动中心，哪有那么多可以给我呀，我可是提前帮你们宣传出去了，我的那些老同学要人手一本的哦。”

“知道了，再等些日子吧，只要出版了，我就给你带过去几本，钓鱼时候给你，你最近总不去钓鱼。”

程毅转了个弯，车子停在老秦楼下。

“这几个月真是忙呀，事情都赶到一起了，先是唐代遗址，现在又是钱袋湖红色文物，你看看，我们文保所一年到头都没有个闲下来的时候。”

一说到工作，老秦感觉脑袋发涨。

“说到遗址的事情，我倒是想问你，你知道金子是会走的吧？我们这边有个信访人就是家里老人下葬时埋了金子，到迁坟的时候找不到了。”

老秦解下安全带，转着眼珠想了想，憨厚地笑着问程毅。

“你现在是怕神龟亭底下什么都挖不出来是吧？”

程毅诚实地点了点头。

老秦倒是并不在意，释然地给程毅解释。

“就算什么都挖不出来也没有关系，我不是跟你说了吗，事情总有真相大白的一天，就像这段尘封的历史，也是因为档案到了解密期才对外公布的呀，也许后续还会有更多的档案可以串联这段历史，那句话怎么说来着，‘凡走过，必留下痕迹’。”

他说完这句话，便向程毅道了声谢，打开车门上楼回家。

此时，大雨已经停了，天空还是阴沉沉的，地上一处水洼里一个个小水泡被风吹破了，留下一串小小的涟漪，程毅呆呆地看着那水洼，脑子里想着老秦的话，随后发动车子，一脚油门，车轮驶过那处水洼，溅起的水花远远地喷在路上。

第七章

东湖的七彩祥云

相比于冬天的漫长，春天像个清贫的行者，只顾前行，纷红骇绿亦不会令其驻足，匆匆而已。一席暖阳斜照在神龟亭的石檐，仿佛有满檐的花等着温暖光线的催化。

老秦猜得不错，自从神龟亭被围起来之后，亭子下面埋着宝贝的消息便不胫而走，某段隐藏在时光深处的传奇，引起了整个东湖居民的关注，人们仿佛窥探到了时光深处的秘密，纷纷将自己也融入了故事之中。有人说，自己夜里曾经看到过有几个人在亭子里翻找着什么东西。有人说，自己半夜从神龟亭路过，看见亭子里面闪着金光。更有甚者，说自己晚上做梦，梦到了一个高个子男人站在神龟亭外面，手里抱着一束柳枝。

相比于那些近乎天方夜谭般的流言蜚语，人们更关心神龟亭下面究竟埋了什么，仿佛土壤之下埋藏着穿越人世的钥匙，只一扭动，便可到达几十年之前，看一眼那段热血沸腾的日子。

每天竟然还有许多人排着队，在神龟亭前面拍照留影。

神龟亭开挖的那天，高学明依旧在党校培训，他不时盯着手机，等着程毅发来的微信向他汇报湖里的情况。

“已接上魏书记，准备出发。”

程毅发来简短的信息。

“照顾好老书记，有情况及时联系。”

高学明回了微信，虽然此刻不能在现场观看，但他的心却早就飞到了东湖边。

程毅给高学明回复了一个笑脸，便收起了手机。

魏书记将一张纸递给了程毅。

“我就是一个农民，真是不会写这些文人的东西，见笑了呀，你们要是觉得不行，就不要用，我没有关系的。”

程毅知道魏书记递给他的纸上写着他为《东湖民间故事汇编》写的序言，他从车篓里找出一个文件袋，将序言放进了文件袋里。

“魏书记，您真是太谦虚了，放眼整个东湖，只有您最有资格给这本属于东湖的故事写序言。我总觉得，天下文章就在真诚上见功夫，您看书上那些舞文弄墨的文人，写出来的东西就是华丽丽的，可是和咱们老百姓的日子隔着距离，读起来觉得生分，所以他们的文字只属于当官的士大夫一流。但是，还有一些人，比如蒲松龄，他写的都是日子里的事情，就像是咱们坐在一起聊着天，能让人有一种亲近感，我觉得这种文字是属于咱们平头百姓的，我喜欢。”

程毅像是打开了话匣子，一边开车，一边同魏书记讲个不停。

魏书记对程毅的话倒是十分认可，不住点头。

“我孙子有个记日记的习惯，从小就这样，一直坚持着，我有时候问他写这些东西你自己会看吗，他告诉我，他不看，日子过去了就是过去了。”

“那为什么还坚持写日记?”

程毅不理解，追问道。

“我也问他了，他说日记记下来是为了对得起当下，写日记就是在和这一天好好地告别，然后就等着明天到来。”

提起自己的孙子，魏书记言语之间充满了慈爱，都说“小儿子、大孙子”，看来这家族里的孩子，在老人家眼里总是有所偏爱的。

“这说法真是第一次听说，想不到他能这么洒脱有见地。”

程毅忍不住赞叹。

车到东湖边，早已聚集了很多人。神龟亭开挖的消息早就在新市镇传开了，周边几个村的村民相约着将现场围了个水泄不通，个子矮的忍不住伸头张望着。他们中间，穿插站着东湖建设开发办公室的干部职工，大家放下手头的工作，前来维持秩序，顺便也能看看热闹。

发掘工作已经开始了几个小时，工作人员依旧保持不紧不慢的速度。有些村民看乏了，便早早离开了，但仍旧有很多人留了下来。

一个看热闹的村民等得有些不耐烦，问了句到底亭子底下有没有东西。

“有或是没有都是一个结果，我们必须等着这个结果。”

老秦对那个村民高声说了一句，然后就又低下头，仔细指导着工作人员的清理工作。

人们耐心地等待着，直到日近中午，阳光明朗，有风从东南吹来，带着丝丝湖水的气息，一大朵积云从遥远的天边飘来，在阳光下格外耀眼明亮。

“找到了——”

不知谁喊了一声，就在神龟亭靠近东湖一侧，那个装着金子的箱子被找到了。

老秦手上拿着刷子，小心翼翼地刷去一层层泥土，那个肖长青描述的白色包布，显然已经被地下潮湿环境所侵蚀，只留下块块残片，浆白的颜色也已经发黄变色，但老秦却无比兴奋，因为此时，他已经笃定，那个箱子里一定装着账簿里所记的东西。

箱子被打开的瞬间，老秦发出了一声欢呼。

“都对上了，所有的事情都对上了，箱子里有金条十六根，金元宝五个，还有一些银子，另外，还找到了表哥手写的入党申请书，原来肖站长用油布包着夹在了金条之间。”

程毅顾不上高学明正在上课，直接把电话打了过去，他抑制不住内心的兴奋向高学明聒噪个没完。

高学明忍不住打断程毅不着重点的叙述，追问道。

“那能不能证明表哥的身份呢？”

高学明的这个问题，在两个小时之后有了答案。

工作人员先是对箱子拍照存档，又一一标记了位置和数量，最终，老秦捧着那块油布的手都有些颤抖。

当那份用毛笔写成的入党申请书在太阳下摊开的时候，北半球的阳光温柔地照射着“尚祥中”三个字，仿佛那三个字也闪着金色的光。那本就应该闪光的名字，在湖边潮湿的泥土下等待了几十年，打开时，依旧明亮耀眼。

尚德义扑通一下跪在了地上，他颤抖着伸出双手，指了指蓝天，又突然俯下身抓起一把泥土，而后头贴在那把泥土上号啕大哭，一种说不清的感情激荡在胸中，或许是委屈，又或许是释然，但更多的是真相大白之后的无助与茫然。尚德义趴在地上，鬓角的白发沾上了湿黏的土末子。他哪里顾得上这些，只管哭得像个孩子。

都说尘尘有际，念念成劫，时光过得那样漫长，本以为俯仰之间就会过完一辈子，可谁知却要经过一眼万年般的等待，才会等来对于真相的迎奉。逝者已矣，此刻已经无从知晓尚祥中为何从未提起往事，更无从破解尚祥中弥留之际的那声呢喃，他固守着的秘密，终于在天光下被发现了，人们感受到了一条闪光的暗线，以及线上拴着的那颗勇敢的心。

风还在吹着，把那朵大块头的积云吹过东湖，湖面一时金光如镜，忽然又深邃无光，云在动着，湖面上的光也在动着。尚德义仍在哭着，仿佛是祖孙三代人的感情都聚集在了这一刻，聚集在了他的身上，悲苦与喜乐都在此刻生长出来，此前那些存在于回忆里的记忆，都变成了一次次徒劳无功的寻找。

直到此刻，直到真相破土而出的时刻，那些遥远日子里的挣扎与无助，那些怀疑与叹息，都在阳光底下风干着，令在场的所有人，在各自的沉默不语与窃窃私语中感激着生命，感激着一种叫作命运的东西。

程毅从未见尚德义如此激动，犹豫着要不要伸出手把他从地上拉起来，但是他最终还是站在原地，他不知道自己究竟要说些什么，来安慰那些漫长岁月里的误解与等待。

他看到魏书记已经走到了尚德义的身边，半跪下来，伸出一只手扶着尚德义的肩膀，另一只手重重地拍着他的后背，而后，他把尚德义从泥土里拉起来，声音有些颤抖地说。

“小义子，你爷爷是个英雄呀，给老尚家长了脸，给赤土村长了脸呀。”

听到魏书记这样说，尚德义将头埋得更深，哭得也越发肆意。只是此刻，他的哭泣里更多的还是喜悦，沉甸甸的金子被发现的瞬间，令他感受到了时间的另一种力量，尽管这力量带着伤口、苦闷甚至是漫长的不公，但它仍是一种足以令信念复活的力量，那些相信着的相信，执着着的执着，终有一日会得到报偿——这只是一件注定会发生的事情发生了而已，欣喜也好，从容也罢，有而不言。

“虽然组织上还没有落实尚祥中的党籍，但事实证明，这是党的好同志呀，就算在监狱里遭受拷打，就算家人各种打探，他也依然保守着党的秘密。”

老秦指挥着工作人员将这份珍贵的文件放到密封袋里，又将箱子和箱子里的物品封存造册，他忍不住叹了口气，眼角似乎也染上了水汽。

“只是这秘密真的保守了太久，保守的代价也太大了。”

老秦一边说着，一边穿过现场，走到尚德义的身边，弯下腰，把他搀扶了起来。程毅见状，连忙赶去帮忙。

看着神龟亭前的一众人忙碌，人群中抱肩站着的刘彬，突然小声对刘露嘟囔。

“是不是从此以后，你们社会事业科就化解了一件信访积案？”

刘露瞥了刘彬一眼，又看向不远处站在原地和魏书记说着什么的尚德义，不禁有些感慨。

“反正现在金子找到了，尚德义也算给尚祥中正了名，现在，就等着落实人家身份了，真是千年的文字会说话呀，如果不是肖长青同志的那份工作记录，这样一位无名英雄岂不是被埋没了。”

“那不会的，老天有眼，这都是冥冥之中的定数，就算没有那份工作记录，也许在其他时候，依靠其他资料也会让这段历史浮出水面的。”

刘彬远远望着神龟亭，又抬头看了看蓝得近乎透明的天空，他倒不是想说什么万物有灵这样的话，但是，冥冥之中的确有一些让人永远搞不清楚、弄不明白的事情，有时候，偶然碰到了，就会让人们突然敬畏起来、紧张起来、相信起来。

站在一旁的欧工是今天最早来到挖掘现场的，他站在外面看了几个小时，他看着装在整理箱中的一件件出土之物，被工作人员谨慎小心地搬上了汽车，准备运往研究所，便满意地“嘿”了一声，哼着小调离开了。他知道，从今以后，再也不会有人见了他的面就找他要金子了，一种轻快感油然而生，就好像一个小学生，在放暑假前的那次返校后，背着书包蹦跳着回家。

这世上的事，没有比小道消息传得更快的了，当程毅将魏书记送回家的时候，几乎整个新市镇都在议论着尚祥中老人的事情。

“原来老尚家是给党保存金子的呀，怪不得会有那么多金条。”

“人家是给党办事的，叫啥来着，地下党，就电视里那种，老厉害了。”

“所以说，老尚头儿嘴真严，就算是解放了也没有说半个字。”

社区服务中心外面的墙角，太阳早就把一个个聊着天的居民晒得暖烘烘的，那些靠在墙根门板处的老人，闲话着刚刚发生的事情，说累了就在太阳下眯一会儿，醒来后，就像是一朵尘世中的落花。那些突然诞生的流言，箭一般飞到了新市镇的各个角落，就连蹲在路边卖一把辣椒、几个小瓜的人，也在说着老尚家的新鲜事。

几十年来，有关金子的故事一如既往地传播着，却又总有不同版本，但它仍在滋生着，使这片大湖不再单调乏味，有了一种古典的浪漫气质。

说实话，自己答应要给这样一本故事写序言，这让我吃惊。

我只是个种地的粗人，认识几个字罢了，在这个写字手都在抖的年纪，为什么要答应呢？其实，我并没有什么能力写出独特的感悟，更没有什么能力编出这样一本书。我看重的东西，那些被东湖建设开发办公室的同志称为东湖文化的东西，在每天家长里短的闲聊中都有，随便找到一个在聊着天的老伙计，他们都有。

我常常在想，搬入新市镇后，那些基本的东西，一年四季、庄稼和牛，以及湖里壮得大过牛头的噘嘴鲢子，都离我太远了。本来以为会一直跟我做伴的这些东西，有一天突然退下去了，退出我每天眼睛能看见的范围，我常常在想，没有了它们，我还是我吗？就像所有的乌鸦都不在了，只剩下树枝上的一只在嘎嘎叫着，那它还会被叫作乌鸦吗？

有很多东西，都因为知道的人的沉默不语而不再被人知晓。每个人都带走了一部分记忆，直到有一天，所有这些记忆，都会消失不见。都说物是人非，其实时间长了，物也会不一样的。就像是我们每天看着的大湖，它同样也在变化着，只是我们与它相比，只能感叹生命短暂罢了。如果能够通过文字的记录，让发生在湖边的经历和人生存续下来，那这种努力绝非无用之功。这本《东湖民间故事汇编》就是这样一种努力，对抗着时间，也对抗着我们自身的孤独。

我已经老了，实在担心自己会被别人看作倚老卖老，不敢讲些假大空的道理，时光过得太快了，俯仰之间，就过完了一辈子，我们的先人也是这样活过的，这让我每天都觉得很安心。这些书里写着的故事，都是曾经在东湖待了一辈子的人说过的，再看到时，让我觉得他们又活了过来，活在那些故事和传说里，就像是我的一个亲密的朋友。感谢这样一本书，感谢书中所有的故事，给我们现在的人和过去的人找到了一个情感的连接。

“不愧是老书记了，见解就是独到，有这样一篇序言，这本《东湖民间故事汇编》就完美了。”

刘露从程毅手上拿到这篇魏书记亲笔写出来的序言，有些激动，她看着那张纸上洋洋洒洒的字迹，忍不住感慨。

“我的任务圆满完成。刘姐，你什么时候把书印出来？”

“你简直比我还要上心这件事情，放心吧，出版社已经送去印刷厂了，首批五千册很快就会出来。”

刘露憧憬着那些民间故事变成铅字摆在书架上的样子，感到一块石头马上就要落地了。

“想着给我多来几本呀，老秦前些日子还找我要来着，以后我们出去招商推介的，在宣传册旁边放这样一本书，那可是最好的宣传了。”

“可以，多给你几本，我们现在正在策划扩大宣传渠道，准备拍些自媒体视频放到平台上，这样就能让更多人关注到东湖的故事。”

听到刘露的设想，程毅忍不住伸出大拇指比了个赞。

“刘姐，你就是看得远，有些事情大家都想不到，你已经开始做了。”

“别瞎夸，这只是我的一个想法，成不成的还要等高主任周六回来，跟他汇报一下。”

对于采用新媒体宣传东湖，刘露还是非常谨慎的。

“对了刘姐，青青手术怎么样了？”

“听说手术非常成功，现在在等待着一期化疗。”

“那太好了，过不了多久，青青就能回单位上班了。”

听到青青的病情好转，程毅从心里替她感到高兴。

刘露笑着点点头，又看了程毅一眼，打趣说道。

“你别以为我不知道你的那点儿小算盘，青青回来了，你就会找高主任把小张调到办公室，对不对？听说青青没休假之前，你就已经找高主任谈了一次了。”

程毅闻言，哈哈大笑了起来，他也不否认，指了指刘露说着。

“简直是夫妻同心其利断金呀，刘姐你现在就开始帮着我刘哥说话了，你也不看看我们行政办工作多么不好干，我真是每天祈祷能有个会写材料、干活麻利的小孩儿过来帮忙呀。”

“哎呀，都不好干，他们建设管理科也一样，刘彬这几天忙得我都见不到他人。”

“那我不管，反正小张这孩子我肯定要争取让她来我行政办，放在刘哥那里也是跟着青青做内勤，刘哥那里需要跑现场的，等下次再招人，请人事再多给招几个吧。”

程毅开始耍起了无赖，看到刘露桌上放着一盒饼干，便大咧咧地抱走了。

半个月后，几本崭新的《东湖民间故事汇编》放到了程毅的桌子上。刘露告诉程毅，这是印刷厂先拿过来的样书，让他先睹为快。

此时，春暖花开，万物欣喜而蓬勃。都说厚积薄发，万物在冬日里蛰伏，此刻迫不及待地展示着生机与活力。办公楼下的海棠花苞已经缀满枝头，只等带着一阵春风吹来，次第花开，给人间带去一丛丛粉色的花雨，仿佛一些美妙的少男少女手捧着甘露自梦境降临。一切都那样明亮耀眼，远处的大湖，近处的树木，高悬的太阳，以及大地上行走的人，万物都活泼泼的，充满了生机与活力，这大概就是春天吧，带来了全部的希望与热情。

程毅坐下来喜滋滋地翻看着，想不到魏书记手写的序言并没有变成一个个铅字被影印在书上。原来，文化馆负责编辑的老师看到魏书记的文字后，同刘露商量了一下，便直接将那张写满字迹的纸原封不动地印成了序言。

“铅字太呆板了，这样一篇手写的序言才更有艺术价值。”

当时，编辑老师对刘露这样说。

程毅正在翻看着书里一篇叫作《夜路》的文章，突然电话铃声响起，手机上显示着青青的电话号码。程毅觉得青青这电话来得刚刚好，自己才从刘露那里拿到样书青青就找到了他，于是猜想着青青是不是听到了消息，想让自己给她送一本过去，想到这里，他清了清嗓子，接通了电话。

“找我打听什么事情呀？”

猜到了青青的意图，程毅故意得意扬扬地说着。

出乎意料地，电话那头并不是青青那清脆的声音，一个男声试探着问。

“请问是东湖建设开发办公室的程主任吗？”

程毅先是一愣，本能地看了下手机上的号码，的确是青青的，于是他疑惑地回答。

“我是程毅，请问这是青青的电话吗？”

“我是青青的爱人，给您打电话是有件事情需要跟她的单位报告一下，青青在今天凌晨去世了。”

电话那边，声音冰冷中带着寒意，时间都在这个春暖花开的时节被如此残忍的讯息凝固冻结了。

“啊？”突如其来的消息让程毅的心脏扑腾扑腾加速跳着，一股热腾腾的气息直穿耳膜，有一瞬间，他脑海中回想了无数个反诈App的案例，希望自己接通的只是一个无聊的诈骗电话而已。

“在急诊室抢救了半个小时，但人还是没有救回来。”

“怎……怎么这么突然，不是一直好好的吗？我听说手术很成功。”

话到此处，那些本能的追问，并不是在等待回答，而是在反复确认着令人无法接受的事实。似乎程毅此刻追问的并不是事情的细节，而是在追问一个理由，一个能说给自己听的理由。

“没错，手术非常成功，几天前开始进行化疗，前天晚上，青青突然发现自己身上有一处出血点，起初我们都没有在意，但是后半夜她就开始低烧，查房的护士觉得不对，就喊来了大夫，大夫怀疑是由于青青免疫系统太脆弱了，发生了感染，情况有些严重，立即把青青送到了加护病房。在加护病房的一天一夜里，青青各项生命指标都在掉，最后感染导致了多器官衰竭。我们已经尽力了，但是青青还是走了。”

说到最后一句话的时候，电话里，青青爱人的声音有着明显的哽咽。

逝者已矣，只有剩下来的活人在承担着离别之苦，程毅突然觉得，这样的回忆过于残酷，天上地下，触目生悲。

“节哀，你要保重身体，这样的结果谁也没有想到，可能对于青青来说是个解脱，至少不会再被病痛折磨，活着的人要向前看，还有个那么小的孩子需要人照顾。”

“谢谢，青青是在职人员，所以得跟单位说一声，您看看还有哪些手续需要我配合办理的？”

青青爱人的声音依然冰冷深沉，他在尽最大的可能克制着悲伤，帮青青做好最后的谋划，尽力做到体面而周全。

“我明白，我明白，稍后我会让负责人事的同志和您联系，青青的身后事有需要帮忙的地方您尽管跟我们提，青青在单位一直人缘很好，您稍后把地址发给我，同事们想去送她最后一程。”

挂掉了电话，程毅依然没有从震惊中缓过神来，他将青青突然离世的消息告诉给建开办的同事们，所有人都无比错愕，更觉得惋惜。

小张“哇”的一声，趴在桌上放声大哭起来，王星看着眼前的情景，不禁悲从中来，只能呆呆地盯着空空的电脑屏幕，想着与青青工作中的过往。

王金瑜听到哭声，连忙走了出来，一边抹着眼泪一边安慰着小张。

“黄泉路上没老少呀，什么都不重要，只有好好活着最重要。”

欧工坐在办公桌前，突然感叹了一声人生无常，而后他拿起手机，狠了狠心，下单买了一直想买却舍不得买的陈年普洱。

人生如梦，只一眨眼便穿越了人世。

也许，人世间藏着那些穷尽所有也算不出的命数机关，有的人在寻寻觅觅中感受求而不得的辛酸，突然张开手，命运给了他想象不到的结果，有的人在茫茫人海中历遍离合，目送着那些亲切可信的人来到，然后离开。

人生一场，会遇到很多人，他们轮流上场，讲述着梦尽回头的往事。那些在逆境面前一蹶不振的人，仿佛人生也就停留在了逆境之中，生命不再向前踱步。只有坚强的人，一路走来，一路坎坷，无所畏惧，艰难地拔出脚，而后再次踏入泥泞之中。

傍晚，从青青的灵堂行礼回来，程毅直勾勾地盯着桌上那一摞崭新的《东湖民间故事汇编》，蓝绿色的封面仿佛湖水微波，也许每一滴湖水都承载着一个生命的完整故事，那些存在过或者依然存在着的故事，都悉数记录在东湖的波涛之中。

“随时监督着你，你可得给东湖看好家。”

青青电话里的声音好像还在耳边回响着，但斯人已逝，那些追忆也许只能徒增烦恼罢了。程毅轻轻翻开那蓝绿色的封面，小心翼翼地翻动着，开始继续读着之前看到的那篇《夜路》，他读得很仔细，仿佛想要抓紧自己同青青最后的纽带一般。

村里的老人们常说，姑娘家不要走夜路，会碰见不干净的东西，好像夜是一个口袋，你扎进去就能翻找出那些口袋外面见不到的东西，比如，妖魔鬼怪。

十五月圆，但是月有阴晴圆缺，总会有阴着天的时候。这个月圆之夜，黑压压的云遮住了月亮，没有月亮的地上，一切都黑黢黢的，好在还有微微的天光，不至于让夜晚黑得那样绝望。

村里又一个老人没了，吃过晚饭便走了，没有常年卧床，也不是突发疾病，就坐在那里安然地离开了。人们都说，这是修来的福气，寿终正寝。仔细算来，这一年已经没了很多人了，有老人也有孩子，听说军队已经在不远处打起来了，看来这的确又是一个收人的年份，那些正值壮年的人们死在战场上了，所以村子里就会收走一大群老人和孩子，至少地下的世界也需要有老有少。

家里人都跑去丧家帮忙张罗了，留下我们几个姐妹不让离开。“世道不太平，更何况村子里有白事，姑娘家晚上出去更不安全了。”离家之前，大哥嘱咐了我们几句，就跟着大伙儿赶去丧家了。现在想想，如果我听了他的话，早早睡下，也许之后的一切都不会发生，可这世上偏偏就是“早知道”最折磨人，只有发生过的事情才会让人觉得懊悔、恼恨，才会让人渴望着重新做一次选择。就像做了一场梦，那些不好的事情因为经历了才会觉得不好，身在梦中的人，又怎么会回想起过往呢。

“六儿他爷爷是老喜丧，这么大年纪了，肯定要搭棚唱戏，咱们去看看吧。”我鼓动着二姐，想让她带我们几个去。二姐天生就胆小，加上大哥走之前叮嘱再三，她说什么也不去，她不去，妹妹们想去的也都不敢嚷嚷了，就剩下我还在撺掇着。“你也不要去了，大晚上的别撞见什么。”二姐张罗着给妹妹们铺床睡觉，我借口去洗脚，偷偷溜了出来。多少年过去了，想到那个偷偷溜出去的晚上，我觉得自己的人生就在那个时候被改写了。我常常在问自己，我真的那么喜欢听戏吗，需要搭上我的整个人生去听那场戏吗？

远远听见唱戏的锣鼓点，不时夹杂着几声狗叫，这种夜深人静的氛围，总让人不自觉地边走边四下张望，好像天地之间藏着某种脚步声，只要走夜路的人经过，那脚步声便会出现，而且，也只有害怕的人才听得见。

可是，我真的听到了脚步声，那声音不近不远，好像跟我保持着相同的距离，我一回头，只看见空荡荡的土路，延伸到夜的深处，我继续走，还是有脚步声跟着，于是，我不敢走了，我开始后悔，但是想到如果就这样灰溜溜地回家，姐妹们一定会嘲笑我，况且，我已经清楚地听到棚里面正在唱着我最爱听的开场，我决定先赶到六儿他家再说。我开始往搭棚的方向跑，但我听见身后脚步声竟然也变成了跑步声，就这样一路跟着我，我的耳朵已经辨不出唱戏的声音来自何方了，只有噔噔噔的脚步声如影随形。我边回头边跑，边跑边回头，然后我居然在自己的村子里迷路了。

我想起我奶奶曾经告诉我的关于鬼挡墙的故事，有鬼在人的眼前吹了一下，这个人就只能在原地转圈，就算累死也不能走回去，直到鸡叫三遍，天光大亮，鬼回去了，人也能看清前面的路了。鬼有鬼的道，人有人的道，你要是挡了鬼的道，鬼就会惩罚你，让你也看不见人的道。我真的着急了，无论如何也回想不出，到底是什么时候鬼在我眼前吹过，我甚至都没有感觉到有风，我已经满头大汗，我不敢再往前走，我怕自己会掉进鬼的陷阱，我现在只想回家，除了后悔，我什么也想不到。

就在这个时候，我看到了鬼从我身后冒了出来，我看见夜色中，鬼龇着獠牙，发出“啊啊”的声音，我吓得立即闭上了眼睛。我闻到了血的味道，空气里都是腥味，这味道让我的胃一阵发紧，我要吐了。我无法克制自己继续闭眼，睁开了眼睛，眼前是个矮个子的女人，她在我面前喘着气，我能感受到热气扑在脸上，这一瞬间，我知道，我并没有遇到鬼，我见到了一个受伤的女人，她抓着我的胳膊，我能感受到她的体温。我被吓坏了，又叫又喊地拼命挥动着手臂，只想把她甩开。

这之后，我又听到了脚步声，越来越近的脚步声，我低头看着那女人的脚，她有脚，她就站在我的眼前，然后我听到她喘息着求我，“帮帮我，帮帮我——”

我吓傻了，不再喊叫，似乎，我的喊声引来了更多的人，我听见越来越近的脚步声，我已经看到几个穿着警服的警察跑了过来，黑色的制服融进了黑夜，他们就像是准备拿人性命的牛头马面。我看到他们手上都拿着手电棒，灯光像根棍子，随着跑动一扫一扫地跳着。我的心，几乎提到了嗓子眼。

那女人也看到了警察越来越近，她突然抓住了我的头发，把我带到了她的怀里，我吓得“啊”地大叫，就在叫声中，我听见她伏在我的耳边，对我说：“快去神龟亭，告诉他警察抓人了。”说完，这个女人用了很大的力气，薅着我的头发将我像面口袋一样抡了出去，我踉跄着撞到了跑来的一个警察，只听见他骂了我一声，顺手把我摔到了地上。显然，他们正在抓这个女人，我只是很不幸地遇见了这样的事情。我被那个警察摔得生疼，在地上打了个滚，脸上、衣服上都是黄土，但来不及拍打，我赶紧转头去看那个女人。

这时，黑云退下了，月亮出来，明晃晃的，我清楚地看到地上的那一摊鲜血反射着月光，就像一大片珊瑚闪着亮。警察想要把那个女人抓走，但她还在反抗着，几个警察围了上去，我看见那些手电棒的光在冲着月亮挥舞，他们在用另一端击打着那个女人，嘴里骂骂咧咧的。

借着月光，我认出了其中一个警察，他是警察局里有名的狗皮膏药，平时也没少来村子里蹭吃蹭喝，借口是“抓共产党”，村长对他总是远接高迎，生怕一个怠慢便会招来杀身之祸。此时狗皮膏药正在边打边喊，他问那个女人：“人呢，你男人呢？不说就打死你。”那个女人不知道怎么就生出了一股蛮力，突然抓住了狗皮膏药的手臂，狠狠地咬了上去，狗皮膏药大叫了一声，拿起手电棒拼命击打着那个女人的头，一下、两下，不知道打了多少下，那个女人的身子就沉沉地坠了下去，趴在地上抖了几下就一动不动了。

我知道她死了。

我看到其中一个警察过来重重地推搡了狗皮膏药一下，骂道：“狗东西，下手这么重，你把她打死了，我们怎么问出她的同伙。”狗皮膏药猫下腰，推了推那女人，那女人还是一动不动的，但身体还是热乎的，软软的没有僵硬。“现在掉湖里一个，打死了一个，另一个我们上哪里去找?”那个警察伸出脚踢了踢那女人，而后用手电棒敲打着狗皮膏药的脑袋，接着说:“围着这几个村子找，肯定能找到，他们今天晚上要交东西，肯定在某个地点等着了。”他们让其中一个警察躲在一户门楼外守着躺在地上的女人，交代说若是有人来找这个女人，一定要放一枪给他们报信，而后沿着来时的方向准备走。我想，我大概明白了，他们今天晚上是要进村抓人的，应该是跑了一个，跑的那个就是狗皮膏药说的，是这个女人的男人。

我本以为事情就这样结束了，想不到他们路过我身边，见我趴在地上，狗皮膏药拽着我的衣领子把我拎着跪在了他的眼前，端详了一阵，说:“这个丫头看着眼熟，也是本村人，可能跟他们是一伙儿的，抓起来吧。”另一个警察拍了一下狗皮膏药的头，说着:“你看谁都像是一伙儿的，明明就是那女人跑了一半撞到这么个倒霉蛋，怎么成一伙儿的了。”两个人争论着的时候，那个用手电棒敲打狗皮膏药的警察，很明显是他们的头头，在前面催着:“快点，快点，赶紧找人。”狗皮膏药并没有放手，像拖死狗一样把我拖到了那个警察面前:“她刚才跟那个女人撞在一块了，把她抓回去，也算是个活的，咱们好交差。”那个警察犹豫了一下，拽起了我的头发，我被迫仰着脸看向他。我知道，如果被他们带走，我一定会被认定是和那个女人一伙儿的，严刑拷打是免不了的，更可能会连累我全家，让我家破人亡，毕竟这帮警察们成日里作威作福惯了，黑的都能说成白的，更何况这样兵荒马乱的年月，哪个牢里没有冤死鬼呢？我太后悔了，我为什么要在半夜里一个人跑出来呢，如果待在家里，又怎么会招惹这样的横祸呢？

就在这个时候，我在一瞬间做了一个影响我一生的决定，也正是这个决定救了我——我抓住了那个警察的手，又笑又跳地拽着他的胳膊，嘴里哼着："走咯，走咯，跟舅舅去姥姥家咯。"我已经顾不得害怕，拽着那只胳膊从地上站了起来，而后拍着手，继续笑着喊："走咯，走咯，老天爷来了，来了。"总之，我在那个时候说了我能想到的所有胡话。我见到那个警察站在原地，疑惑地看着我，我知道我还要疯得更用力一些。于是，我哭了起来，就坐在地上，像邻居家的那个婶子一样，双腿蹬着地上的土，哭天抢地地号。最终，他骂了一句傻子，就带着人离开了。我知道，他们放过了我，放过了一个累赘一般的傻子，走了。

我没有停止表演，我知道还有个警察在原地守着，于是我开始又哭又笑地转身走远，直到那个警察已经看不到我了。我本想要回家，飞奔着往家里跑，这个时候我居然不再迷路了，那个挡墙的鬼也许被吓跑了，总之我看到了熟悉的道路和房屋，我只想快点跑回家。

可是，我的脑海里，无论如何也没有办法忘记那个女人沾满了鲜血的脸，我想到了她最后的那个请求，但是，活着的本能让我决定视若无睹，我不是自私，但在这种时候，我只想尽快远离危险，我已经看到了我家的大门，不顾一切地奔了过去。

当我跨上台阶，一只手碰到了大门的木板时，我再次想到了那个女人，以及她最后的请求。我知道，当我不断犹豫要不要去做一件事情的时候，我就应该去做，否则我将会陷入长久的懊恼之中，我会夸大由于没有去做而产生的后果。于是，我停下了推开门的手，然后转身向神龟亭跑去。

远远地，我就看见有个男人夹着一个孝布包袱在亭子里东张西望，我本能地觉得他就是那个女人的男人，我想让他快跑，但就在这个时候，我又听到了脚步声，和刚才一模一样的脚步声，我依旧不敢回头看。我开始喊叫，又哭又笑，我想让那个男人看见我，可我又不敢明目张胆地让他离开，于是，我像小丫头们唱歌谣一样，拍着手跑向神龟亭："天灵灵，地灵灵，警察抓坏人。"那个男人显然被我的举动吓到了，他果然躲到了神龟的后面，但他还是没有离开神龟亭，我想喊他快跑，但又怕惊动那些警察。于是，我就在神龟亭面前，依旧疯癫着唱跳，在地上来回打滚，或许那个男人也认为我是个疯子，感受不到我向他发出的警告。时间过得很快，那些警察找到了这里，我的心都要跳出来了，生怕他们靠近神龟亭一步。好在，此时在他们心中，我像个瘟神一般，让人讨厌，想要远离，他们问了我一句，我不辨方向地给他们指了指路，谢天谢地，他们终于离开了神龟亭。我偷眼看看神龟，感觉那个男人应该还躲在后面。我抬头看了看月亮，今天晚上的月亮真是亮呀，我想我应该已经完成了那个女人交代我的事情，她在天有灵应该能够心满意足地离开了。

一连好几天，村里再也没有听到过警察抓人的消息，我猜想，那个男人应该顺利逃走了吧，不知道要到什么时候，他才会知道他的女人已经死了，还在临死之前将救他的事情托付给了另一个女人。不知道就不知道吧，有的时候，那些过程并不重要。生逢乱世，也许天各一方的相守总好过天人永隔的无奈，我希望那个男人永远不要知道这件事。只是，从那以后，村子里多了一个被警察抓人吓疯了的姑娘。狗皮膏药依旧隔三岔五来村子里，我不敢看他，只能一直疯下去。有时候，我在想，也许狗皮膏药就是夜路里那些不干净的东西，总要等待太阳出来，把它们在太阳底下晒一晒才好。可是，我一点儿也不怨恨他，也许我的选择与他有关，但却不是因为他而做的选择，或许不会有人理解，这又有什么关系呢。我只是选择做了一件让我自己不会终生惦念的事情，时刻感激着老天爷，能让我在那样一个晚上，救了一条人命。

我只想知道，那天晚上，在我身后响起的一阵一阵的脚步声，究竟是怎么发出来的呢？

看着这篇叫作《夜路》的故事，程毅端着书的手都在颤抖着。他想起了先前，老秦给他念的那些肖长青同志的工作记录，那个疯疯癫癫的姑娘难道就是青青的姑奶奶吗？他听见胸膛里怦怦怦的心跳声，顾不上天色已晚，直接开车去了老秦家。

“太离奇了，太离奇了，这世上居然还有这样的事情。”

老秦读完这篇《夜路》，不可置信地看着程毅。

“这已经没法用巧合来形容了。”

“对，时间、事件都能对上，这本书里，没有专门标注作者名字的故事，都是我同事姑奶奶写的，姑奶奶救了肖长青同志，也看到了韩秀芹同志牺牲的过程。”

程毅激动地说。

“这本书的原稿在你们这里吗？”

老秦需要再次核实，便问道。

程毅摇头，神情戚戚。

“在我们同事手上，这是她姑奶奶死后留下来的，一直传给了她，她觉得原稿纸张太薄太脆，就扫描成了电子版，存了起来，但是这个同事刚刚过世了。”

老秦一愣，随即叹了口气。

“太可惜了，太可惜了，可以帮我们联系家属吗，我们要看一看原稿，如果核实无误，我们会申报到市里面进行下一步研究。”

“这不是确定的事情吗，为什么还要核实，还要研究呢？”

程毅并不懂得老秦的工作流程，听到事情还有波折，便急急地说道。

“这个故事已经把肖长青同志不知道的那段事情填上了，韩秀芹同志是被国民党警察局的警察杀死的。”

“老弟，我现在不能够下这个结论，这个故事的确与当晚的过程高度重合，但是这毕竟是民间故事，或者可以说是个人的一个回忆记录，我们不能够贸然认定为历史事件，这需要相关部门进行继续研究认定的，各种线索都需要相互印证，才能认定这个事件。”

老秦摇了摇头，他理解程毅的心情，但是文献研究的事情并不是单凭感情就可以论定的，必须多方印证。

“而且有没有一种可能，这个故事就像我们所做的民间故事征集一样，可能是某个人讲给作者听的，又或者是作者听了很多人的讲述按照自己的想象编写的呢?”

“是因为故事里的事情和肖长青同志的记录有不相符的地方，所以你们才不认可的吗?”

程毅仔细回想着《夜路》的故事，继续追问。

老秦摆了摆手，“唉”了一声，他觉得程毅的考虑有些多余。

“正是因为人的记忆是存在偏差的，每个人的记述不相符才是客观的，如果一模一样反倒要多加留心是不是存在编造。”

“好吧，那我会帮你们联系家属，只是现在他们在料理我同事的身后事，我过些日子再打电话。”

程毅不再说什么，低着头看着书上的文字。

“最好不要耽搁，很多时候，人在经历亲人故去的痛苦时，会选择丢弃所有与逝者相关的东西，就像是从古至今一直存在的厚葬传统。”

老秦看着程毅，似乎在催促着他尽快打电话确认。

程毅无奈，再次拨通了青青的手机号码，向青青的爱人确认了笔记手稿的事情。老秦果然没有猜错，因为留下了电子版，这份手稿她的爱人本打算让其随着青青一起走的。

“你看看，我猜得没错吧，差一点儿就一把火烧了。”

挂掉了电话，程毅想到了青青，又想到了她的姑奶奶，忍不住叹了口气。

“这是她们家的传家宝呢，传到了青青这里，可是她们家的女孩子真的命都不是太好，早早地就都过世了。”

老秦看出了程毅的失落，连忙在一旁安慰着。

“你放心，我们拿到手稿之后一定会第一时间进行研究，不会让这件事情不明不白地湮没掉的，你想想尚祥中同志的事情，虽然经过了几十年，但最终还是解开了所有谜团。”

“尚祥中同志？”

程毅加重了语气，看向老秦。

“对，我听说，组织上已经开始要落实尚祥中同志的身份了。”

“那真的太好了，也不枉老人家为了革命事业保守秘密这么多年。付出得到了回报才是件大快人心的事情，就怕有些付出默默无闻。”

想到姑奶奶，程毅心中仍是觉得不忿，有时候，他真的无比佩服生活在那个动乱年代的人们，为了理想、公理、公义居然能够真的舍生忘死，只为了信念坚持着。

“老弟呀，我理解你的心情，但是文物档案的事情最怕急于求成，我们和你都一样，希望故事有个圆满而完美的结局。但是，我不得不承认，这世界上大多数被写入史册的故事都是不完整的。”

“这是东湖的故事，我总觉得应该是个有头有尾的故事。”

程毅有些固执，但他总是有种预感，事情一定会得到圆满的结局。

老秦“哈”的一声笑了出来，他摆摆手，纠正程毅。

“老弟呀，这并不是东湖的故事，和世界上所有发生过的事情一样，那些被记录下来的故事只属于它的亲历者，我们只是阅读或者收听故事的人，没有人会在当下意识到自己所经历的事情能够成为历史，就算是肖长青同志，就算是姑奶奶，就算是尚祥中同志，他们都只是认为自己经历了一段人生而已，从来没有觉得这些经历会载入史册，或者说，他们并不是因为想要证明自己而去做这些事情。”

听到老秦这一串说辞，程毅并不认同。

“但是这些事情的确发生了呀。”

“没错，这世上每天发生了太多事情。就像这本书，这里面的每个故事都不会被淹没，因为有记述的人，也有传播的人，你不要气馁，《夜路》这个故事我们回去肯定要好好研究的，这对于我们了解那段红色历史有着相当重要的意义，我不是跟你说过吗，总有真相大白的那一天，不论过去多少时间，那些能够成为历史的故事一定会被发现的，这也是我工作的意义。”

老秦点点头，他指着那本《东湖民间故事汇编》，目光坚定地看着程毅。

第八章

尾　声

当高学明结束培训，回到东湖建设开发办公室的时候，春天留下了满目繁华，然后悄悄离开了。

初夏时节，大朵蜀葵已经肆意地沿湖生长，鱼儿嬉戏南北，芦苇飘荡西东，到处都是缤纷色彩的渲染。东湖的荷花刚刚露出了尖尖的粉红，翠绿的荷叶铺展在湖面上，一群小麻鸭“嘎嘎”叫着从水面游过，一只天鹅仰着头划过荷叶之间，仿佛能够一直游进夏日的梦境一般。

神龟亭不用拆了，更不用平移了，它作为文化资源被保护了起来，得以寄托东湖周边居民们共同的光阴与回忆，留下关于存在的痕迹。那自北宋年间便立起的石龟，仍旧驮着石碑守在湖边，任凭湖水涨落，看尽时令节序的推移。

东湖路已经完成了路基以下部分的施工，刘彬正在组织施工单位进行路面土工格栅和二灰碎铺设。因为前期做好了充足的准备，文物部门对于神龟亭的保护提级并没有影响整体道路的施工进展，再过半个月，东湖路路面铺设工作就会结束。届时，拓宽改造之后的东湖路就会实现全面贯通通车，一条壮观的景观大道将迎接来自五湖四海的游人。

高学明回到单位后的第一件事情，就是召集全体人员召开了大会，向大家宣布东湖区域开发的新消息。之前，区里已经批准了东湖建设开发办公室的申请，即将成立东湖现代旅游开发集团，在全国广招英才，承接东湖文旅产业项目开发，优化整合存量国有资产，实施东湖全域旅游开发。

人们对成立新单位的消息感到既新奇又陌生，高学明在大会最后，向坐在会场的建开办同事们充满感慨地表态。

“新的开发集团成立，标志着东湖将进入全域开发的新阶段，以前我们遵循着传统的旅游开发模式，将项目引进来，带动整个区域的发展，但这是不够的，单点拉动的方式无法给区域注入持久的发展动能，所以我们选择改变模式，从‘引进来’到‘走出去’，将东湖整体作为旅游品牌进行运营，采用文旅融合的方式，深度拓展东湖自己的文化和旅游资源，全面提升服务业发展能级。”

此时窗外，清风阵阵，飞鸟盘桓，湖水映射着粼粼波光，一次次拍打着岸边，仿佛湖的中心蕴藏着某种力量，某种滋养的力量，经过了静待的坚忍，最终蓄势生长。

程毅陪同高学明再次站在了湖边，看着夏日里的大湖，满目开阔。阳光如一只金色的大鹏鸟，忽而翅膀一甩，展开了满湖波光，湖水拍打着岸线，像是给湖面织上了特殊的花边，凉风夹带着水汽吹在脸上，每个人都能感受到来自湖水的温柔与善意。

“老秦发来消息，说博物馆已经正式将尚祥中老人的入党申请书收藏了，尚德义把收藏证书装在了相框里面，说是要当作传家宝。”

程毅像唠家常一样说着近期发生在湖边的新鲜事，他想起那日尚德义趴在地上痛哭的样子，忍不住感叹。

“那天一看见‘尚祥中’的名字，尚德义当时就跪下来了，说真的，我长这么大还没有看见过如此惊天动地的号啕大哭呢。”

“这份入党申请书可是比金子还珍贵呢，既为尚祥中老人正了名，更为这段几乎要被埋没的红色历史正了名。”

高学明笑着抬头，一只海鸥扇了下翅膀，飞得老高。

“想想那个年代的人真的是老实，就算解放那么久了，也不去四处炫耀，更没有找组织落实政策，甚至都没有找组织返还金条。”

“那不是老实，那是一种胸襟，人家只是觉得做了一件应该做而且也甘愿去做的事情，最后革命胜利了，已经得到了想要的结果，至于那些对于个人的考量，人家根本就没有放在心上。”

高学明望着开阔的湖面，觉得似乎也只有这样的开阔的湖水才能滋养出尚祥中这样的无名英雄，正是因为有这样的定力和胸襟，他才会不顾个人安危，答应了帮助转移硬通货的要求。

“现在回想起来，这件事情也真的只能他来做，村子就这么大，谁家有几斤几两，大家都知道，贸然来了个人去外面兑换金条，不引人怀疑才怪呢。”

程毅看到一只戴胜停在湖岸边的岩石上，左摇右晃地抖动着脑袋。

“您要调到区里去的消息大家都知道了。”

程毅小心地提起了这个话题，目光落在高学明脸上，只见他仍旧望着湖水。

“现在回想我来到东湖的时候，感觉好像是昨天的事情，那个时候湖边都是稻田和鱼塘，可没有现在这些高楼组成的天际线。”

高学明忘不了当年万亩平湖、鱼翔蛙鸣的时光，那一汪湖水，因梦想而生，由双手筑成，早已成为他心中永远的依恋，他长舒了一口气。

“不到长城非好汉，屈指行程二万，看到东湖发展成现在这个样子，觉得过去的日子都值得了。”

“没错主任，虽然辛苦，但是干了件有意义的事，真的是有成就感的事情呀。前几天带我儿子过来看荷花，我指着这一片说，看看，这是我十几年奋斗的地方。”

程毅禁不住向高学明感叹，又回想起自己当年来到东湖的情形。

“想想我刚来那年，东湖岸线周边刚刚开始绿化，我跟着欧工来湖里数树苗，路那个难走呀，吉普车轧在土路上颠来颠去，一轧上石头子就崩车的底盘，修车厂一看到咱们单位开车来，就知道肯定是底盘的毛病。”

高学明笑眯眯地点头，突然想起了一件趣事。

“我记得刘彬开着工程用的吉普车方向盘没有摆好，连人带车掉到了沟里，最后还是施工单位开来挖掘机给他们铲上来的呢。”

“对对，刘彬上来之后非要让人给他拍照，说他自己是出土文物。”

回想起刘彬当时灰头土脸的神情，程毅哈哈大笑起来。

“那个时候也是一味傻干，也不觉得苦，也不觉得累，日子就是一天天过，谁能想到真的建成了这么大的东湖湖区呢，要是当初知道东湖会是现在这个样子，怎么也要多留下点儿照片视频什么的，也许以后还是珍贵的影像档案呢。”

高学明有些遗憾，他拿起手机拍了一张照片。

“您这么说，我倒是想起老秦的话，他说，‘人们做一件事情的原因，只是认为自己经历了一段人生，从来没有觉得这些经历会载入史册，正在做事情的人，并不是因为想要证明自己而去做’。我当时反正没有听太明白，现在跟您聊天，再咂摸老秦的话，好像真的有点儿意思。”

程毅看到湖面上冒了个泡，一条白鲢鱼翻了一下脊背，又潜到水下面去了。

“前几天钓鱼时我看见老秦了，他仍然还在研究东湖周边地下交通线的历史，听说，想要在这里申请建立红色教育基地。”

“用好红色资源，讲好红色故事，老秦倒是做得很到位。”

高学明听了老秦的近况，忍不住称赞。

“老秦说了，唐朝的事情让其他同事研究，他就研究东湖的事情，先把几十年前的事情倒腾明白了，再考虑一千年以前。他现在已经在这边买了房，落户东湖了。”

“好呀，欢迎他多研究，多出成果，东湖就是要走文旅融合的发展之路。”

高学明说到这里突然停顿了下来。

“您又想到什么新思路了？”

“哪有什么新思路，只是这次党校的学习真的是令我大开眼界，以前我们总说两山论，但现在想想，怎么就没有把两山论和我们东湖的发展结合起来呢？我们好好保护、好好利用东湖，不就是让绿水青山变成金山银山吗？”

高学明回想起自己这些日子在党校的学习，不无感慨地说着。

“您说的是，咱们全市像东湖这样大片的水域实在是不多，这不就是咱们的压箱宝吗？”

高学明突然“嘿嘿”笑了几声，他看向程毅。

“立足自身特色，这就是东湖开发的硬实力，再加上文化这个软实力，东湖的发展就靠你们了。”

程毅不好意思地笑了，他没有谦虚推让，他觉得这是当仁不让的事情。

“感谢您的器重，我们一定接力奋斗，当然，还需要区领导对东湖的发展多加关照才是。您一天在东湖待过，您就永远是东湖人，可不能厚此薄彼，平日里要多想念我们，想念东湖。”

听到“东湖人”这个名字，高学明眼前一亮，笑着看向程毅。

“东湖人这个称呼好，以前在东湖生活的人，现在搬来东湖生活的人，那些建设着东湖的人，都是东湖人。”

他远远看到魏书记正坐在神龟亭外的长椅上晒太阳，一边笑，一边看着孙子孙媳妇在草地上逗弄曾孙子，一幅其乐融融的图景。

“走，跟魏书记聊聊天。”

这一次，程毅并没有阻拦，也紧跟在高学明身后，笑着向魏书记打着招呼。

远处，那平湖、高楼，那柳荫、花间，那黑天鹅、过山车，竟都像是凝固了的时间。现实，是曾经的梦想，梦想，是未来的现实，在梦想和现实交错之中，东湖人用自己的青春、汗水成就了东湖的发展奇迹。

也许，每个人都知道自己正身处时代之中，但却说不清究竟是怎样的时代，终有一天，水流入海，平民的历史融入更广大的尘世，而后翻动史书，写成一个时代的故事。那些讲述者们，不在史册里，却如诗如歌，被湖水长久地滋润着。

后 记

为深入学习贯彻习近平文化思想，打造健康文明、昂扬向上、全员参与的职工文化，天津市总工会联合天津市作家协会、中国工人出版社开展天津市职工作家培育工程，深入挖掘中国职工文学起源地的深厚宝贵资源，创作职工文学精品，大力传承和弘扬职工文学，积极推动天津职工文学繁荣发展。通过培育工程，力求发现培育一批职工作家，点燃天津职工文学创作之火，推出讴歌新时代、颂扬主旋律、增强职工精神力量的现实主义小说作品，讲好中国故事、天津故事、职工故事，大力弘扬劳模精神、劳动精神、工匠精神，凝聚起为实现中华民族伟大复兴中国梦而团结奋斗的强大精神力量。

2023年4月培育工程启动以来，面向天津市职工征集5万字以上中长篇小说，先后召开两次专题工作推进会，举行职工作家培育工程座谈会，举办职工读书分享活动，基层工会认真组织，广大职工文学爱好者积极参与，共收到53部应征小说作品。天津市总工会、天津市作家协会成立专家评审组，推选出了10部小说作品，由此确定10名职工作家培育对象，随后邀请知名作家、评论家对10名职工作家培育对象作品进行指导，小说作品都在原有的基础上进行了结构和文字上的拓展完善，2023年底完成10部小说作品的成稿，经过中国工人出版社专业出版团队精心打造书稿，2024年4月出版发行天津市职工作家创作文丛。

感谢著名作家蒋子龙对培育工程的关注和支持，特别是蒋老逐篇审阅了文丛书稿，提出了修改意见，并亲自为文丛作序，倾注了大量心血，他对晚辈和新人的倾心扶植与关爱，让我们感动。全国总工会对天津市职工作家培育工程给予充分肯定，全国总工会宣教部专题听取汇报，提出指导意见，对丛书出版和推介也提出具体意见。感谢天津市委宣传部、天津市作家协会对丛书编辑出版的指导和支持。还要感谢王震海、狄青、张楚、邵衡宁、宋曙光、徐福伟、黄桂元（按姓氏笔画排序）等作家、评论家对职工作家培育对象进行了一对一悉心培育，对作品给予了一对一倾心指导，在此对各位领导和专家表示衷心的感谢。

由于编者水平有限，疏误之处，敬请广大读者批评指正。

天津市总工会

2024年4月